**Bibliografische Information der Deutschen Nationalbibliothek :**
Die Deutsche Nationalbibliothek verzeichnet diese Publikation in der Deutschen Nationalbibliografie; detaillierte bibliografische Daten sind im Internet über http://dnd.d-nb.de abrufbar.


**Herstellung und Verlag :**
Books on Demand GmbH , Norderstedt
**Umschlagsgestaltung :**
Thomas Hauer

ISBN : 9783837098099

# MAXWELL MOPS
und die
# Plattschnauzengang

Zeichnungen von Sabine Hauer

# 1.

Es war ein herrlicher Tag! Die Sonne schien, kein Wölkchen war am blauen Himmel zu sehen. Viel zu schön, um ihn in einem miefigen Geschäft zu verbringen. Weshalb ich mir heute Morgen auch kurzerhand frei genommen hatte.

Nach einer Stunde und mehrfachen, vergeblichen Versuchen, mich aus dem Bett zu werfen, fuhr meine Freundin Laura schließlich ziemlich genervt und ein recht unhöfliches „fauler Hund" vor sich hin murmelnd, alleine zur Arbeit.

Also, wirklich! Man muss ja nicht gleich ausfallend werden. Immerhin arbeiten wir ja auch noch nicht so lange zusammen, dass sie ohne mich nicht klar käme.

Laura war von Beruf Buchhalterin und in ihrem alten Job todunglücklich! Unmögliche Arbeitszeiten, einen unmöglichen Chef, zickige Mitarbeiter, kurz, kein Job, den man auf Dauer machen möchte. Weshalb auch jeden Abend beim Essen die Stellenangebote in der Zeitung studiert wurden. Leider bisher vergeblich!

„Oh mein Gott, Määääx!" Laura kreischte plötzlich los. Vor Schreck verschluckte ich mich an einer Nudel. „Määääx, komm mal her, das *musst* du sehen!" Aufgeregt wedelte sie mit der Zeitung. Hustend und würgend wie ein grippekranker Wolf schleppte ich mich neben sie und starrte auf die Stelle in der Zeitung, auf die sie wie wild mit dem Finger deutete. „Da, les mal, siehst du das?" Ähh, ja, natürlich, *sehen* konnte ich die

kleinen komischen Buchstaben. Nur *lesen* nicht. Ich weiß ja, dass Laura mich für den intelligentesten Mops der Welt hält, womit sie auch nicht ganz Unrecht hat, aber das war jetzt wirklich ein wenig albern. Ich musste heftig niesen. Ein Stück Nudel schoss aus meiner Nase und klatschte genau auf die kleine Anzeige. Volltreffer!
„Max, du bist manchmal echt ein Ferkel!“
Angewidert schnipste sie die Nudel auf den Tisch. Ferkel hin oder her, wenigstens bekam ich jetzt wieder genug Luft. „Da sucht jemand eine Angestellte für einen Antiquitätenladen, für einen Antiquitätenladen stell dir vor!“ Oh Himmel, Antiquitäten! Der absolute Alptraum für mich!

Kunst und Antiquitäten zu sammeln ist nämlich Lauras Leidenschaft! Oder zumindest das, was sie für Kunst hält!
Jedes Wochenende schleift sie mich von einem Flohmarkt zum nächsten, immer auf der Suche nach irgendeinem Schnäppchen. Unsere Zimmer Zuhause sind voll gestopft mit allen möglichen Figuren, alten Schränkchen und Tischchen und was sie sonst noch ergattern konnte. Ich finde die meisten dieser alten Staubfänger grauenhaft, am schlimmsten sind allerdings diese fetten, unförmigen Mopsfiguren, die hier überall herum stehen und blöde vor sich hin glotzen! Ich weiß ja nicht, was für diese Dinger da Modell gestanden hat, ein Mops kann’s nicht gewesen sein! Das sind keine Möpse, diese Teile sind eine Beleidigung!
Leider war es an diesem Abend schon zu spät, um bei dem Antiquitätenheini anzurufen, was mir eine recht unruhige Nacht bescherte. Laura wälzte sich

stundenlang stöhnend und seufzend im Bett herum, an Schlaf war gar nicht zu denken. Einmal drehte sie sich so heftig auf die Seite, dass ich, ich lag gerade gemütlich auf ihren Bauch, in hohen Bogen aus dem Bett flog! Na ganz entzückend! Manchmal habe ich wirklich den Eindruck, diese Frau will mich loswerden. Erst werde ich beim Abendessen so erschreckt, dass ich fast ersticke und nun breche ich mir bei meinem Flugversuch fast das Genick! Nur gut, dass ich in meinem Körbchen auf dem Kissen landete, das direkt vor dem Bett steht.

Um wenigstens ein paar Stunden Schönheitsschlaf zu bekommen, beschloss ich schweren Herzens, in meinem doofen Körbchen zu übernachten. Ich zerrte meine Decke von Lauras Bett und versuchte, es mir so gemütlich wie möglich zu machen. Was gar nicht so einfach war, denn es ist ein geflochtenes Körbchen und es zieht durch sämtliche Ritzen. Der Mensch, der diese Teile erfunden hat, musste bestimmt noch nie eine ganze Nacht darin verbringen!

Am nächsten Morgen wurde ich recht unsanft von nackten Füssen geweckt, die mir auf dem Bauch herum trampelten. „Huch, Maxwell, was machst du denn da unten? Du schläfst doch sonst nie da drin? War was?“ sprach’s und sprang aus dem Bett. „Auf, raus aus den Federn, wir haben noch viel vor.“ Wie? Was? Was haben wir vor, sie muss doch auf die Arbeit? Gähnend krabbelte ich aus dem Korb, streckte mich einmal ordentlich, irgendwie waren mir in dem kleinen Ding die Beine eingeschlafen und stakste steifbeinig hinter ihr her. Heiliger Mopsklops, mein Kreuz.

Ich glaube, mein Freund hat doch recht und ich sollte öfters mal Sport treiben. Hoffentlich gab es wenigstens was Gutes zum Frühstück. Als Entschädigung für die bisher schlimmste Nacht meines Mopslebens. Aber als ich in die Küche geschlurft kam, saß Laura am Tisch und telefonierte. Mit ihrem Chef! Und ich dachte, ich höre nicht richtig! Sie meldete sich tatsächlich krank, meine so pflichtbewusste Laura, die sogar noch mit Fieber und Triefnase auf die Arbeit fuhr! Wegen „unklaren Magen und Darmbeschwerden". Heiliger Mopsklops, ich stand da, starrte sie staunend an und wenn ich nicht genau gewusst hätte, dass sie vor wenigen Augenblicken noch kerngesund gewesen war, ich hätte mir ja glatt Sorgen gemacht, so wie sie stöhnte und jammerte. Respekt, das war eine saubere Vorstellung und mit „unklaren Magen-Darmgeschichten" na, damit kannte ich mit aus! Die habe ich auch öfters und zwar immer, wenn mein Essen nicht schmeckt. Und zwar so lange, bis ich etwas Essbares bekomme. Was in der Regel nie lange dauert! Mops muss halt sehen, wo Mops bleibt, nicht wahr?

„So, erledigt!" Laura grinste, legte den Telefonhörer auf und raste ins Bad. „Lass uns zu dem Antiquitätengeschäft fahren, weißt du, ich gehe lieber persönlich vorbei, als anzurufen," murmelte sie vor sich hin, während sie in einer wahren Affengeschwindigkeit duschte, sich die Haare machte und was Frau sonst so im Badezimmer zu erledigen hatte, „so eine Chance kann ich mir nicht entgehen lassen. Wo ist deine Jacke, Maxwell? Es regnet draußen. Und wo sind denn die Autoschlüssel schon wieder hin?"

Aufgeregt kramte sie in ihrer Handtasche herum. Wie immer! Ich flitzte ins Wohnzimmer, wie immer, um die Schlüssel vom Couchtisch zu holen, die sie, wie immer, abends da hingeschmissen hatte. „Oh Max…“ Laura nahm mir die Schlüssel aus der Schnute und streichelte mir die Ohren, „danke, mein Schatz, was würde ich nur ohne dich machen!“ Na, wahrscheinlich bis ans Ende ihres Lebens die Autoschlüssel suchen? Aber so ist meine Laura eben, lieb, freundlich, humorvoll, immer in Aktion und manchmal halt etwas schusselig!

Zum Thema Autofahren: eigentlich wollte ich es ja nicht erwähnen, aber ich hasse Autofahren! Das ist nicht meine Welt! Erstens ist es gähnend langweilig, ewig lange artig und ruhig auf einem Fleck zu sitzen. Anfangs hab ich noch versucht, die Sache ein wenig lustiger zu gestalten, indem ich allen Artgenossen, die ich im vorbeifahren gesehen habe, die neuesten Schimpfwörter, die meine Kumpels und ich uns ausgedacht haben, zuzubrüllen, aber nachdem Laura mir angedroht hatte, mich in die Tierarzttransportkiste meiner kleinen Schwester zu stecken, wenn ich weiter wie ein Gummiball durchs Auto hüpfe und so einen Radau veranstalte, habe ich das lieber gelassen. Laura versteht da keinen Spaß und leider ist die blöde Kiste groß genug, dass ich da auch rein passe. Nöö, das Risiko geh ich lieber nicht ein.

Zweitens wird es mir bei längeren Fahrten immer speiübel. Jedes Mal. Ich hasse Autofahren!

Diesmal dauerte die Fahrt Gott sei Dank nicht so lange und als wir vor dem Geschäft parkten, war ich doch erstaunt! Das war ja ein richtiger Laden, keine

Sonnenschirmchenbuden wie ich sie kannte. Drinnen war es noch beeindruckender, das Geschäft war riesig, mit richtig schönen Sachen und nicht solch ollem, stinkigem Flohmarktgelumpe!
Staunend lief ich durch die Gänge und schaute mir alles genau an, während Laura den Antiquitätenheini suchte, der sich übrigens als netter, älterer Herr entpuppte. Da nur eine handvoll Kunden im Geschäft waren, die sich auch noch selber beschäftigten, hatten die beiden genug Zeit, sich ausgiebig zu unterhalten und ich genug Zeit, weiter herum zu stöbern. Und einigen der Besuchern Leckerchen aus der Tasche zu leiern. Es ist wirklich unglaublich, wie viele Menschen es gibt, die Hundekekse mit sich herum schleppen, obwohl sie selbst gar keinen Hund dabei haben. Und die damit auch noch sehr freigiebig sind, wenn man es richtig anstellt!
Ich tapste gerade um einen wurmstichigen Holzschrank, als es plötzlich vor mir stand: Groß, dick gepolstert und einfach nur kuschelig! Na, das war doch? Natürlich, ein Hundesofa! So was habe ich mir schon immer gewünscht. Ein eignes Sofa, auf dem ich herum hopsen konnte, wie ich wollte, ohne vorher stundenlang darauf warten zu müssen, dass Laura eine Decke holte. Wegen der Hundehaare! Na, als ob sie weniger haarte. Oft genug hatte ich die langen Dinger in meinem Essen!
Und wie weich es war... ob ich vielleicht mal Probeliegen konnte?“ Maxwell, runter da! Wehe, du krabbelst da drauf! Max, hörst du nicht?“ Nööö, natürlich hörte ich nicht, ich höre nur, wenn ich hören will!

Heiliger Mopsklops, war das Ding bequem und wie weich es war. Einfach traumhaft! Genau das richtige für geschundene Mopsknochen.
Drei Stunden später, nach einem ausgiebigen Schläfchen, mit zwei neuen Jobs und einem Hundesofa im Gepäck, fuhren wir endlich glücklich und zufrieden nach Hause. Zwei Jobs? Ja, richtig, denn ich wurde gleich mit eingestellt!
Darf ich vorstellen? Maxwell Mops, neuer Kundenbetreuer des Antiquitätengeschäfts Kremer! Na, wenn das man nicht super gelaufen ist!

# 2.

Als Laura endlich beleidigt abgerauscht war, zog ich mir die Bettdecke über die Ohren und schlief mich ordentlich aus.
Ich wurde erst wieder wach, als mein Bauch knurrte wie ein gereizter Kettenhund. Eindeutig Zeit für ein ausgiebiges Frühstück. Hoffentlich hatte Laura noch etwas hingestellt, bevor sie auf die Arbeit gefahren war, sonst musste ich mir bei Cash etwas besorgen. Und bei dem gab's nie was gescheites, nur Dosenkram! Laura kochte mir mein Essen nämlich täglich frisch. Von dieser „chemischen Industriepampe", wie sie das Dosenfutter immer nannte, wollte sie nichts wissen.
Ich flitzte in die Küche. Ah ja, auf Laura war Verlass, da standen sie, fein säuberlich abgedeckt mit einem Deckelchen. Meine Lieblingsküchenutensilien, die Futterteller!
„Na, ausgeschlafen, du Penntüte?" Meine kleine Schwester thronte auf dem Küchenschrank und ließ ihren prächtigen, buschigen Schwanz über die Kante baumeln. „Ich dachte, wir könnten wieder mal zusammen frühstücken. Kann ja keiner ahnen, dass du bis Mittags im Bett liegst, so langsam sterbe ich vor Hunger!" „Ich hab Urlaub heute, da lass ich es mal langsam angehen. Warum hast du dir denn nicht ne Maus als kleinen Imbiss geholt?" Mit einem eleganten Satz sprang Daisy vom Schrank und rieb ihren Kopf an mir.

„Max, ich erkläre es dir noch mal und das ganz langsam: Mäuse sind nicht zum Fressen da! Mäuse werden gejagt, Mäuse werden gefangen und man spielt mit Ihnen. Und dann werden sie ordentlich entsorgt!“
„Ja, bei Laura im Bett. Und jedes Mal, wenn sie so ein Vieh findet, kreischt sie alles zusammen. Mann, das ist echt eklig, ich muss da vielleicht auch drin schlafen?“
Daisy klatschte mir mit der Pfote auf die Schnauze, dass ich Sternchen sah... „Wann kapierst du das endlich, du Dummerchen? Das sind Geschenke an die, die ich liebe. Ich wusste es ja schon immer: Hunde! Keinen Stil und keinen Verstand! Und nun lass uns endlich essen, ich habe noch eine Verabredung mit den Mäusen im Schuppen!“ Keinen Stil und keinen Verstand, ja, nee, schon klar, nicht wahr? Mann, ich liebte Daisy wirklich, aber diese Katze konnte so unglaublich arrogant sein!
Nach dem Frühstück verschwand Daisy durch die Mops-Katzentüre in Richtung Geräteschuppen, um wieder einmal den armen Mäusen das Leben schwer zu machen und ich schleppte meine Decke in den Garten. Zum Sonnen natürlich. Ach, nur zur Information, meine Decke ist *keine* Kuscheldecke! Laura und Daisy nennen sie immer so und ich hasse das! Ich bin ein Kerl und echte Kerle haben keine Kuscheldecken! Ich mag diese Decke halt einfach nur, weil sie so schön weich und kusch... ähhh angenehm auf dem Fell ist!

Ahh, so lässt es sich leben! Feinstes Essen im Überfluss, einen herrlichen Garten, Freizeit, wann immer ich sie wollte. Genüsslich drehte ich mich auf den Rücken, um mir den Bauch von der Sonne wärmen zu lassen. Bevor wir dieses tolle Häuschen im Grünen

günstig ergattert hatten, wohnten wir in einer Großstadt. Daran erinnere ich mich nicht so gerne.
Für Hunde ist eine Großstadt die Hölle. Keinen Platz zum spielen und toben, man konnte nur an der Leine nach draußen und vor lauter Langeweile fingen die meisten an, sich gegenseitig anzupöbeln. Freunde fand man dort leider auch nicht oft!
Für Daisy war das Leben in der Großstadt aber am schlimmsten. Da die Wohnung nicht einmal einen Balkon hatte, bestand die einzige Frischluft, die sie bekam, aus den paar Minuten, die wir täglich die Wohnung lüften mussten.

Aber jetzt ist alles anders. Ringsum Wiesen und Felder, eine Kleinstadt, in der jeder jeden kennt, nette Nachbarn, besser hätten wir es nicht treffen können. Das Haus ist alt und klein, mit einem großen Garten voller alter Bäume und einem kleinen Fischteich direkt neben der Terrasse. Wunderschön und für unsere kleine Familie mehr als ausreichend. In die Hintertüre wurde extra für Daisy und mich eine Klappe eingebaut, durch die wir jederzeit hinein oder hinaus können. Freiheit pur!

Ich war fast eingeschlafen, von der Wärme und dem guten Frühstück wurde man doch leicht schläfrig, als ein Schatten auf mein Gesicht fiel und mir etwas Feuchtes auf den Kopf tropfte.
Was war das denn? Regnete es etwa?
Als ich aufschaute, starrte ich genau in die faltige Schnute meines Freundes Cash und im gleichen Augenblick traf mich ein riesiger Sabberfaden genau mitten auf die Nase!

„Igitt, pfui Cash, weißt du eigentlich, dass du ein Sabberproblem hast?“ Ich setzte mich auf und wischte meine Nase an meiner Decke ab. So was widerliches aber auch. Cash lachte und warf sich neben mir ins Gras. „Nun hab dich doch nicht so, ich komme grad vom Laufen, da sabbert man schon mal ein wenig. Übrigens...“Cash schielte auf die winzig kleine Speckrolle, die sich an meiner Hüfte so langsam breit machte, „dir könnte ein wenig Training auch nicht schaden, du wirst langsam fett, mein Freund!“
„Quatsch! Ich bin kein bisschen fett, ich hab nur viel Fell.“ „Ja ich verstehe und du bist auch noch zu klein für deinen Pelz, deshalb rollt er sich so, nicht wahr?“ Cash grinste. Der Kerl war manchmal wirklich zu blöde!
Cash ist ein Boxer, aber was für einer! Bis auf ein paar schwarze Punkte ist er schneeweiß. Ich kenne einige farbige Boxer, aber einen Weißen hatte ich vor Cash noch nie gesehen. Und eine Figur hatte er, beneidenswert! Nur Muskeln, das Fell glänzte wie Seide, einfach nur ein toller Hund! Er sieht aus wie diese „Bodybuilder“, die man immer im Fernsehen sieht, diese Typen, die mit kurzen Höschen und ölbeschmiert stundenlang schwere Eisengewichte stemmen und dabei ein Gesicht machen wie ein Pekinese mit Verstopfung!
Cash beharrt stur darauf, dass er seine gute Figur nur dem regelmäßigen Laufen verdankt und mit seinem Training ist er deshalb unerbittlich. Darunter hat auch sein Freund und Dosenöffner Fritz zu leiden. Jeden Tag, Sommer wie Winter, ob es brütend heiß ist oder in

Strömen regnet, zerrt er Fritz Berg auf und Berg ab und einmal um unseren See. Jeden Morgen und jeden Abend! Ob Fritz nun will oder nicht! Ich gebe es ja zu, Cash ist wirklich gut in Form. Nur Fritz leider nicht!

Einmal versuchte ich Cash zu erklären, dass es vielleicht besser wäre, Fritz erst einmal auf kürzeren Strecken frei laufen zu lassen, anstatt ihn wie einen nassen Sack acht Kilometer an der Leine hinter sich her zu zerren. Aber davon wollte Cash nichts hören.

„Du weißt doch, wie Fritzi ist“, meinte er, „der sitzt den ganzen Tag nur am seinem Computer, er arbeitet ja auch von Zuhause aus… Mit Bewegung ist da nicht viel. Also sorge ich dafür, dass er wenigstens zweimal täglich ordentlich an die frische Luft kommt. Von alleine schafft er selbst die kleine Runde nicht, dazu ist er viel zu träge! An der Leine läuft er aber immer schön brav mit!“

Nun ja, ob es gesund ist, was Cash da mit seinem Freund anstellt, wage ich ja zu bezweifeln. Ich habe es einmal miterlebt, als die beiden vom Training, oder Gassi, wie es andere Hunde nannten, zurück kamen und es war ein Bild des Grauens. Schnaufend wie eine Dampflok, schwitzend mit beschlagenen Brillengläsern und gefährlich hochrotem Kopf stolperte Fritz hinter Cash her, der natürlich auf den letzten Metern zu ihrem Haus noch schneller wurde. Den „Endspurt“ nannte er das. Cash kennt sowieso nur eine Gangart: schnell! Das Wort „langsam“ existiert in seinem Wortschatz einfach nicht, obwohl es Fritz ständig hinter ihm her brüllt.

Jedenfalls, als ich mir Fritz so ansah, als er keuchend und japsend wie eine ausgeleierte Socke über dem

Gartenzaun hing, nicht einmal mehr fähig, mich zu begrüßen, geschweige denn den Hausschlüssel aus der Tasche zu holen, schwor ich mir, nie in meinem Leben Sport mit Cash zu machen! Nein, da ziehe ich doch Speckrollen und mein gemütliches Kuschelsofa vor.

# 3.

„Wo steckt eigentlich Daisy?“ Cash kratzte sich am Ohr und sah sich suchend um. „Will sie heute nicht mit in die Stadt?“ „Hab sie seit dem Frühstück nicht mehr gesehen, sie hat irgendetwas gemurmelt von „Mäuseproblem im Schuppen“ und dann war sie verschwunden.“ Ich stand auf und streckte mich. “Los, komm, wir suchen sie, weit kann sie ja nicht sein.“ “Bist du wahnsinnig?“ Cash schaute mich entsetzt an. „Du weißt, wie sauer sie wird, wenn sie bei der Jagd gestört wird, nee, Mann, lass mal, die letzte Ohrfeige hat mir gereicht!“

Ich grinste. Ausgerechnet Cash kuschte vor meiner kleinen Schwester! Irgendwie wurde ich das Gefühl nicht los, dass er sich auch ein klein bisschen in sie verliebt hatte! Aber das würde Cash niemals zugeben! Unter keinen Umständen! Nicht mal unter der härtesten Folter!

Verübeln konnte ich es ihm ja nicht, denn meine kleine Schwester ist eine wahre Schönheit! Sie ist eine Main Coon, hat herrliches blaues Fell und die schönsten gelben Augen der Katzenwelt!

Mittlerweile sind die beiden die besten Freunde. Das war allerdings nicht immer so!

Cash ist ein selbsternannter Katzenhasser. Er lässt keine Gelegenheit aus, Katzen mit großem Getöse kreuz und quer durch unser Viertel zu jagen. Ich glaube ja, es ist mehr der Sport, das hinterher rennen, das Jagen, das

ihn reizt, ich kann mir nicht vorstellen, dass er eine Katze wirklich ernsthaft verletzen würde, sollte er einmal eine fangen. Dazu ist er viel zu gutmütig.
Logisch, dass er Daisy, als er sie das erste Mal sah, sofort auf seine Beuteliste setze. Immer, wenn sie sich begegneten, scheuchte er sie den Feldweg, der hinter unserem Haus verläuft, hinauf und hinunter, ums Haus herum, quer durch unseren Garten und zu guter Letzt auf einen Baum, auf dem es sich Daisy dann gemütlich machte und aufreizend ihren Schwanz direkt vor seiner Schnauze hin und her baumeln ließ. Natürlich *außer* Reichweite seiner Zähne. Das brachte Cash dann endgültig auf die Palme. Fluchend und schimpfend hüpfte er wie ein durchgeknallter Brummkreisel so lange um den Baum herum, bis er vor Erschöpfung fast von den Pfoten kippte. Nach solchen Aktionen war Cash platt wie eine Flunder. Zwar behauptete er ständig, dass es ihm nichts ausmache, aber diese Niederlagen nagten schwer an seinem Boxerego!

Nun, wenn ich es mir so recht überlege: ganz stimmt die Geschichte so nicht. Habe ich gesagt, Cash scheuchte meine kleine Schwester? Falsch, Daisy *ließ* sich scheuchen! Sie machte sich einen Spaß daraus, Cash hinter sich her keuchen zu lassen, wurde mal langsamer, damit er aufholen und sie fast schnappen konnte, nur um dann einen Haken zu schlagen, um ihn erbarmungslos wieder abzuhängen. Kurz, sie führte ihn vor wie einen dressierten Affen im Zirkus. Und der Dussel merkte es nicht mal!
Eine geschlagene Woche lang zog Cash dieses Spielchen durch, er lauerte Daisy regelrecht auf. Ganz

geschickt versteckte er sich in Büschen und hinter Bäumen und natürlich war er in dem ganzen Grünzeugs mit seinem schneeweißen Fell überhaupt nicht zu sehen, nein ganz und gar nicht!
Habe ich schon erwähnt, dass meine Schwester nicht blind ist?
In der Regel ließ Daisy Cash in seinem Busch schmoren, besonders an heißen Tagen, bis ihm die Zunge ellenweit aus dem Hals hing, bevor sie sich bequemte, auf der Bildfläche zu erscheinen.
Ab und an hüpfte sie auf die Fensterbank, so dass er sie sehen konnte, putze sich genüsslich und amüsierte sich köstlich über den armen Kerl, der da draußen in seinem Versteck hockte und von der Warterei schon einen Krampf im Hintern hatte.
Sobald Daisy dann aber in den Garten stolzierte, ging es los. Ich marschierte hinterher, kuschelte mich auf Lauras Liegestuhl und genoss das Schauspiel. Das war ganz großes Kino! Besser als die öden Tiersendungen im Fernsehen.
Warum ich nicht eingriff? Weil ich mein Schwesterchen kenne!
Bitte, niemand darf sagen, ich hätte Cash nicht gewarnt! Habe ich. Mehrmals und eindrücklich!
Wie heißt es so schön, wer nicht hören will, muss fühlen? Denn auch die Geduld meiner Schwester hat irgendwann mal ein Ende und auch das schönste Spielchen verliert seinen Reiz! Und so nahm das Unheil für Cash  seinen Lauf......
Ein Teil unseres Gartens ist völlig verwildert. Dicht gedrängt stehen dort große Büsche und Bäume und

bilden eine natürliche Höhle, in der man prima spielen kann. Wenn man so klein ist wie wir wohlgemerkt!
Dorthin führte Daisy Cash eines Tages...... und Cash fiel darauf hinein!
Denn in seinem Verfolgungswahn vergaß er die wichtigsten Regeln im Umgang mit Katzen!

Regel Nr. 1: Unterschätze nie die Intelligenz einer Katze!
Und ihre Rachsucht!

Regel Nr.2: Folge nie einer Katze in dichtes Gestrüpp!
Eine Katze ist auf engem Raum schneller und beweglicher als du!

Und vergesse nie: Auch eine Katze kann sich wehren!

Wutschnaubend zwängte er sich durch das dichte Gestrüpp, den Blick starr auf Daisy gerichtet, die ihn rückwärts laufend immer tiefer hinein lockte.
Bis er merkte, dass er sich im dichten Unterholz kaum noch bewegen konnte, war es zu spät!
Daisy schoss wie ein Blitz mit ausgefahrenen Krallen auf ihn los und dann hagelte es Ohrfeigen vom feinsten!
Cash versuchte tapfer, sich zu wehren, aber da er mit dem Hinterteil zwischen zwei Bäumen festgeklemmt war und Daisy ihm den Weg nach vorne verstellte, hatte er nicht den Hauch einer Chance. An diesem Tag bezog Cash die Tracht Prügel seines Lebens.
Als er wieder aus dem Gebüsch auftauchte, musste ich mir ein Grinsen verkneifen. Obwohl, ein bisschen

Mitleid hatte ich schon mit dem Häufchen Elend, das mir da entgegen gestolpert kam. Heiliger Mopsklops, wie sah er aus. Die Rute zwischen die Hinterbeine geklemmt, mit blutigen Schrammen auf dem ganzen Kopf und auf der Schnauze und einem eingerissenen Ohr schlich er an mir vorbei in die hinterste Ecke unseres Gartens, um seine Wunden zu lecken.
Auf dem Fuße..... äh Pfote folgte ihm Daisy, den Kopf stolz erhoben und zufrieden grinsend.
„Hättest du nicht ein bisschen sanfter mit ihm umgehen können? Er ist doch kein schlechter Kerl." fragte ich sie, als sie in ihrer unnachahmlichen arroganten Art auf mich zu stolziert kam. „Nichts da!" Daisy setzte sich und begann ihr Fell zu putzen. „Cash mag zwar ein netter Kerl sein, aber er hat ne große Klappe. Wurde langsam Zeit, dass ihm jemand mal zeigt, dass man Katzen nicht so behandelt. Vielleicht ändert er jetzt seine Einstellung und rast nicht wie ein aufgescheuchtes Huhn hinter jeder Katze her, die er sieht. Hunde und Katzen können doch auch Freunde sein, wir verstehen uns doch auch blendend, oder nicht?"
Recht hatte sie ja. Und als sie dann auf Cash zuging, um mit ihm in Ruhe zu reden und ihm half, seine Schrammen zu versorgen, war ich so stolz auf meine kleine Schwester.
So zickig und arrogant sie manchmal ist, aber meine Daisy hat das Herz auf dem rechten Fleck!

# 4.

Wir fanden Daisy schließlich hinter dem Schuppen, wo sie ziemlich gelangweilt auf einem Stapel Kaminholz hockte und einer Krähe bei der Futtersuche zusah.
„Na, wie war die Jagd? Erfolg gehabt? Wieder ein paar Mäusekinder zu Waisen gemacht?“ sagte Cash und schielte zu Daisy hoch. Genau wie ich fand Cash die Mäusejagd ziemlich brutal, aber so ist das nun mal. Der Lauf der Dinge. Fressen und gefressen werden.
Dass es allerdings auch Hunde gab, die mit Vorliebe Mäuse ausbuddelten und verspeisten, na, das verdrängten wir lieber. Allein bei dem Gedanken wurde einem ja schon schlecht.
„Sei nicht albern, Cash. Wenn es uns Katzen nicht gäbe, würden dir die Mäuse bald dein Futter vor der Nase weg fressen. Und um deine Frage zu beantworten: nein, ich hatte keinen Erfolg heute. Irgendwas hat die Biester gewarnt, ich kann sie in ihren Löchern hören, aber es lässt sich nicht eine einzige draußen blicken! Egal, neuer Tag, neues Glück, ich versuche es morgen wieder.“
Daisy sprang von dem Holzstapel und streckte sich. „Wollen wir noch in die Stadt?“
Mittwochs war nämlich immer unser „Stadt-Tag“. Regelmäßig trafen wir uns Mittwochmorgens und marschierten dann zu viert in die Innenstadt. Das machte uns einen Mordsspaß, nur allein die Gesichter der Menschen zu sehen, die uns noch nicht kannten.

Einige wenige fanden uns „süß“, manche quetschten sich, wenn wir auf sie zu kamen, panisch dicht an die nächste Mauer, bis wir an Ihnen vorbei gingen, aber die meisten wechselten mit einem ganz entsetzten Gesichtsausdruck sogar die Straßenseite.

Nun gut, ich gebe es ja zu, wenn wir nebeneinander her marschierten boten wir schon einen nicht ganz alltäglichen Anblick. Wann sieht man denn schon eine Katze, einen Mops, einen Boxer und... halt Moment, unseren Freund Oskar habe ich ja noch gar nicht erwähnt.

Wie ich ihn kennen gelernt habe, werde ich im Leben nicht vergessen!

Wie immer waren Cash und ich mittwochs verabredet, um die Stadt unsicher zu machen. Doch Cash, sonst pünktlich wie die Feuerwehr und genauso schnell, ließ an dem Tag auf sich warten. Als er endlich mit hängender Zunge angehetzt kam, blieb er aber nicht stehen, sondern raste an unserem Garten vorbei. „Ich muss noch was erledigen, Max, bin gleich wieder da, warte bei den Mülltonnen auf mich.“ Sprach’s und war auch schon um die Kurve hinter unserem Haus verschwunden. Ich starrte verblüfft hinter ihm her. Was war dem mit dem los? Vom Floh gebissen, oder was?

Ok, gut, dachte ich mir, er wird’s mir schon erklären, warte ich eben draußen auf ihn.

Also kletterte ich durch die Lücke in unserem Gartenzaun und begann, an den Büschen und Bäumen herum zu schnuppern. Mops muss schließlich auf dem neuesten Stand bleiben, wer sich in seiner Straße so herum drückte.

Ich war gerade dabei, die Duftmarken an unserer Mülltonne zu studieren, als mir jemand ins Genick schnaufte. „Hey Cash, da bist du ja.“ Ich drehte mich um und erstarrte. Vor mir stand die riesigste englische Bulldogge, die mir je über den Weg gelaufen war. Herrgott, wo kam die denn jetzt her? Zumindest glaubte ich, dass es eine englische Bulldogge war, nur war sie nicht so fett und asthmatisch wie Paul und Bolle, die verfressenen Bulldoggen von der Tankstelle hier um die Ecke, die von jedem Kunden kugelrund gemästet wurden, nein, diese hier war ein absolutes Monster! Recht hochbeinig, einen Brustkorb so breit wie ein Schrank, der Kerl war ein Alptraum! Und wie er aussah! Links hatte er nur ein halbes Ohr und sein ganzer Kopf und Körper waren über und über mit Narben übersäht. Langsam, ganz vorsichtig, ging ich einige Schritte rückwärts und damit hoffentlich außer Reichweite des schneeweißen Gebisses, das er mir nun zeigte. Mann, der Typ konnte Reklame für Hundezahnpasta machen! „Wo willst du denn hin, du Würstchen, bleib bloß stehen“, knurrte er, und kam einen Schritt näher, „das ist meine Mülltonne, du hast hier gar nichts zu suchen!“ Oh, oh, das war nicht gut, das war ganz und gar nicht gut!

Ich versuchte etwas zu sagen, aber meine ganze Schnauze war komplett ausgetrocknet und mein Herz hämmerte mir bis zum Hals! Maxwell Mops, versuchte ich mir selbst Mut zu machen, reiß dich zusammen. Wenn du nicht schnellstens hier weg kommst, verarbeitet der dich ohne mit der Wimper zu zucken zu

einer Rheumadecke, der meint es tot ernst! Denk nach Junge, denk nach!
Während ich krampfhaft versuchte, eine Lösung zu finden, es kam mir wie Stunden vor obwohl die ganze Sache nur Sekunden gedauert haben konnte, kam die Bulldogge drohend immer näher! Als er sich dann duckte und zum Sprung ansetze, schloss ich die Augen!
Aus, vorbei, ade schöne Welt! Ich hab gerne hier gelebt, leider nur etwas zu kurz. Schicksalsergeben wartete ich darauf, dass er mich packte, da hörte ich es. Das schönste Geräusch der Welt! Neben dem Klappern meines Tellers selbstverständlich. Direkt über mir! Ein Knurren, nein, ein tiefes, bösartiges Grollen, fast unhörbar. Cash!
Heiliger Mopsklops, ich war noch nie so froh, meinen Freund zu sehen, na ja, in diesem Fall zu hören, denn meine Augen waren immer noch fest zu gekniffen! Aber Cash's Knurren konnte man unter tausend anderen sofort erkennen, sein Knurren war einzigartig! Fritz, sein Freund, nannte es immer den „Vibrationsalarm", man spürte es, bevor man es hörte.
Mit einem Satz sprang Cash über mich, der Bulldogge direkt vor die Schnauze! Nase an Nase standen sie da, steifbeinig und starrten sich in die Augen. Heiliger Mopsklops, gleich gab es eine Keilerei, die sich gewaschen hatte. Ich mochte gar nicht hin schauen, also kniff ich meine Augen schnell wieder zu. Hoffentlich passiert Cash nichts, irgendwie musste ich meinem Freund doch helfen können. Mein Herz klopfte so schnell und laut, dass ich nicht mal ordentlich nachdenken konnte.

Schnell, denk nach Max.....
„Was ist los, Plattschnauze, was hast du für ein Problem?“ herrschte Cash die Bulldogge an. „Mit dir keins, noch nicht jedenfalls. Gehört die kleine, fette Teppichratte da zu dir, oder warum bläst du dich so auf?“
Ich öffnete die Augen. Teppichratte? Hatte dieser Blödhund tatsächlich gerade „fette Teppichratte“ gesagt?
Cash deutete mit dem Kopf auf mich. „ Der Kleine da? Ja der gehört zu mir. Findest du nicht auch, das er etwas speckig ist?“ „Speckig ist untertrieben, die kleine Wurst kann man ja schon rollen!“
Häää? Wie bitte? Na ich dachte ja, ich höre nicht richtig! Lästerte mein allerbester Freund gerade mit diesem... diesem hirnlosen Monstertypen, der mir vor ein paar Sekunden noch das Leben nehmen wollte, über mich ab?
Ich muss wohl ziemlich blöde aus der Wäsche... äh... meinem Fell geschaut haben, denn plötzlich fingen die beiden an zu lachen. Aber wie! Sie rollten auf der Erde herum und brüllten vor Lachen!
Das durfte ja nicht wahr sein, wollten die mich auf den Arm nehmen?
„Ähh, könnte mich mal jemand aufklären, was hier los ist?“ So langsam wurde ich wütend, was sollte denn das?
„Ach Max“, Cash kam zu mir und stupste mich an, „sei nicht böse, aber du hast so dummes Gesicht gemacht.“

„Hast du das Gesicht gesehen, das er gezogen hat, als ich ihn bedroht habe, Cash? Ich dachte schon, der macht unter sich vor Angst. Das war herrlich."
Ungläubig hörte ich zu. Dann begriff ich es. Die beiden kannten sich. Ganz eindeutig. Und die ganze Aktion war nur ein Streich, um mich zu erschrecken.
Diese doofen Köter, also ehrlich! „Ihr seid doch... also wirklich..... mir fehlen die Worte. Wisst ihr eigentlich, wie sehr ich mich erschrocken habe? Ich dachte, der frisst mich auf." Beleidigt stampfte ich mit der Pfote auf.
„Wer ist die Knalltüte eigentlich?"
Cash schmunzelte. "Darf ich vorstellen? Das ist Oskar. Hab ihn heute Morgen beim Training kennen gelernt, er ist neu hier bei uns in der Stadt. Übrigens ein ganz feiner Kerl und für jeden Spaß zu haben."
„Ja, das habe ich gemerkt."
„Hey Kleiner", Oskar verpasste mir einen freundschaftlichen Puff, der mich fast von den Pfoten holte, „ du bist ganz schön mutig. Andere wären um ihr Leben gerannt, oder hätten um Gnade gewinselt, aber du hast mir die Stirn geboten. Cash, du hattest Recht mit dem Kleinen, der ist richtig gut drauf. Respekt!"
Bitte? Die Stirn geboten? Ich ihm? Brauchte der ne Brille? Ich konnte nur hoffen, dass keiner aus der Nachbarschaft gesehen hatte, dass mir vor Angst und Zittern fast die Zähne ausgefallen sind.
Immerhin habe ich, Maxwell Mops, einen Ruf zu verlieren. Bin ich doch der klügste und mutigste Mops der Welt. Naja, manchmal.

Ob man es nun glauben möchte oder nicht, lange sauer war ich auf die beiden nicht und seit diesem Streich ist Oskar ein guter Freund und aus unserem Leben nicht mehr weg zu denken.

# 5.

Wenn wir also so zu viert nebeneinander durch die Straßen liefen, war das schon beeindruckend. Einen Mops, eine Katze, einen weißen Boxer und eine völlig vernarbte Englische Bulldogge sah man schließlich nicht jeden Tag auf einem Haufen.

Angesagtes Ziel unserer Stadt-Tage ist die Metzgerei von Herrn Klammroth.

Klamm, wie wir ihn liebevoll nennen, ist eine Seele von Mensch. Groß, stark, durch nichts aus der Ruhe zu bringen und irrsinnig tierlieb. Was einem im ersten Moment komisch vorkommt, wenn man seinen Beruf kennt.

Und er roch so angenehm nach Wurst, dass einem jedes Mal der Sabber in der Schnauze zusammen lief, wenn man an ihm schnüffelte.

In seiner Metzgerei gibt es nicht nur die besten und leckersten Wurstsorten hier in der Stadt, sondern auch warme Gerichte zum Mitnehmen, wie zum Beispiel Brathähnchen. Hähnchen in allen Größen. Unmengen von Hähnchen. Jeden Mittwoch gab es die. Knusprig braun gegrillt und soooo gut!

Und deshalb pilgerten wir unerbittlich jeden Mittwoch zu seinem Geschäft und drückten uns am Schaufenster die Nasen platt. Bei Wind und Wetter. Nicht mal Eiseskälte konnte uns abhalten, für was gibt es schließlich diese doofen Regen und Winterjacken, in die

mich Laura ständig hinein stopfte. Und für die Wärme von innen sorgte dann das Hähnchen.
Ähh, noch mal kurz zum Thema platte Nasen. Ja, in Ordnung, gut, bei uns kann man nicht mehr viel platt drücken. Die sind schon platt. Platter geht's ja gar nicht mehr.
Ich formuliere das lieber mal ein wenig anders: jeden Mittwoch hinterließen wir schöne schnodderige Nasenabdrücke an seiner Scheibe. Aber war Klammi uns deswegen böse? Nein, im Gegenteil! Er freute sich sogar darüber. „Meine Plattschnauzengang ist die beste Werbung für mich“, meinte er immer, wenn ihn ein Kunde darauf ansprach. „Wer kann es besser beurteilen als die vier mit ihren feinen Nasen, ob meine Ware immer frisch ist.“
Und so hatten wir unseren Spitznamen weg. Die Plattschnauzengang. Unter dem Namen sind wir nun in der ganzen Stadt bekannt.
Na, und da es Werbung ja selten umsonst gibt, bekamen wir regelmäßig eine riesige Portion Hühnerfleisch. Als „Lohn für unsere Mühe.“ Da ließ sich Klammi nicht lumpen!
Ernsthaft, für so ein tolles Brathähnchen bemühe ich mich doch gerne.
Daisy, Cash und ich futterten unsere Portionen gleich an Ort und Stelle, direkt vor dem Geschäft, während Klammi daneben stand und uns zusah.
Nur Oskar blieb abseits. Egal wie hungrig er war, er näherte sich seinem Teller erst, wenn Herr Klammroth ins Geschäft zurückgegangen war. Oskar ist ein Heimatloser, oder Straßenköter, wie die Menschen sie

gerne beschimpfen. Er mag keine Menschen, er misstraut Ihnen. Sogar meine Laura lässt er nicht an sich heran.
Wenn ich ihn so betrachte, die schrecklichen Narben überall auf seinem Körper, frage ich mich immer wieder, was er erleiden musste. Oskar spricht nie darüber und direkte Fragen nach seiner Vergangenheit werden von ihm einfach ignoriert. Er schläft da, wo er gerade ein warmes Plätzchen findet und sein Fressen sucht er sich in Mülltonnen. Cash und ich versuchen, ihn so gut es geht mit durch zu füttern, aber das klappt leider nicht immer.
Nach einer Weile bemerkte auch Klammi, dass Oskar sich nicht an sein Fressen wagte, wenn er oder ein anderer Mensch in der Nähe war und stellte seinen Teller in den an sein Geschäft grenzenden Hof, weg von der Strasse und den vorübereilenden Leuten. Dann schloss er seinen Laden ab, wartete, bis Oskar sich auf den Hof schlich, setzte sich in einiger Entfernung zu ihm auf den Boden, peinlich darauf bedacht, Oskar eine Rückzugsmöglichkeit zu lassen und fing an zu reden. Leise, beruhigend.
Er erzählte von seinem Hund Rufus, mit dem er viele schöne Jahre verbracht hatte und den er gehen lassen musste, sprach darüber, wie sehr er einen Hund an seiner Seite vermisste und was für ein toller Kerl Oskar doch sei.
Wenn wir mit unserem Essen fertig waren, schlichen wir zur Hofeinfahrt und beobachteten die beiden.
Was wir da sahen, erstaunte uns doch sehr.

Denn Klammi schien das unmögliche möglich zu machen.
Oskar entspannte von Mahlzeit zu Mahlzeit mehr. Anfangs noch misstrauisch, knurrend, wenn Klammi zu nahe kam, sein Fressen herunterschlingend, um wieder aus der Reichweite dieses Menschen zu kommen, wurde er zunehmend ruhiger.
Er fraß langsamer, nicht mehr so hastig, zwar Herrn Klammroth im Auge behaltend, aber ohne zu knurren. Und er rannte nicht mehr sofort nach dem Fressen vom Hof.
Klammi konnte sich kaum von Oskar losreißen. Immer, wenn er nach der „Fütterung der Raubtiere", wie er es scherzhaft nannte, zurück in sein Geschäft ging, warf er einen sehnsüchtigen Blick auf ihn und murmelte: "Schade, das du mich nicht verstehen kannst mein Junge! Du bist doch genauso einsam wie ich!"
Oh, da irrte er aber, da irren sich die meisten Menschen. Wir Tiere verstehen mehr, als sie denken. Nicht alles natürlich, klar, aber ich weiß zum Beispiel auch, was ein PC ist. Laura und Fritz hämmern ja genug darauf herum. Ich mag zwar nicht wissen, für was dieses Ding gut ist, außer das man Bilder anschauen kann und dass es piepst und blinkt. Aber wie es nun genau funktioniert? Keine Ahnung, muss ich aber auch nicht unbedingt wissen. Ich kann ihn mit meinen Pfoten ja eh nicht bedienen. Die Knöpfchen sind zu klein.
Aber dieses „nicht verstehen" brachte mich auf eine geniale Idee! Klammi war einsam und sehnte sich nach einem Hundefreund. Oskar ist ein Heimatloser und brauchte dringend ein gutes Zuhause. Schließlich

konnte er ja nicht den Rest seines Lebens in irgendwelchen dreckigen, zugigen Ecken schlafen und sich aus Mülltonnen ernähren.
Es musste doch möglich sein, die beiden zusammen zu bringen, denn bei Klammi hätte Oskar es gut. Das spürten wir. Nur wie?
Abends im Bett unterhielt ich mich mit Daisy darüber. „Ich denke, wir sollten gar nichts tun“, meinte sie und kuschelte sich dicht an mich. „Oskar ist ja noch sturer als ein Mops. Wenn er nicht will, will er nicht. Aber Klammi schlägt sich doch ganz gut, schau mal, nun stehen schon ein Futter- und ein Wassernapf im Hof, immer randvoll mit Fressen. Und sogar eine Hundehütte hat er aufgebaut mit einem ganz weichen Kissen darin. Und jeden Mittwoch legt er Oskar noch einen großen Fleischknochen neben seinen Napf.“ „Hast ja Recht, aber es wäre doch so schön, wenn Oskar zu Klammi ziehen könnte.“ Daisy legte sich bequem hin, und fing an zu schnurren. „Das wünsche ich mir doch auch Max, aber das muss Oskar entscheiden. Er muss Vertrauen fassen. Warte noch mal eine Weile und wenn sich dann nichts tut, reden wir mit ihm, ja? Und nun schlaf, Brüderchen, du musst morgen auf die Arbeit, das wird ein langer Tag.“

# 6.

„ Guten Morgen Max. Geht’s zur Arbeit?“ Bijou stand an ihrem Gartentürchen und wedelte mit ihrer kleinen Rute. Bijou ist unsere Nachbarin und eine ganz entzückende Chihuahuadame. Bijou ist ein Mädchen ganz nach meinem Geschmack, klein, zierlich und riesige braune Augen. Hui, in die Kleine könnte ich mich glatt verlieben.
„Ja, wir wollen gleich los. Wie geht es den Kindern?“ Vor kurzem war Bijou Mutter dreier winzig kleiner, wunderschöner Babys geworden. „Frech wie immer. Sag mal, hast du schon das neueste gehört? Hier treibt ein Einbrecher sein Unwesen. In fünf Häuser ist er schon eingestiegen. Der hat es nur auf teure Sachen abgesehen, das alte Zeug, was Laura so gerne sammelt.“ Na das waren ja Neuigkeiten. In unserem verschlafenen Städtchen passierte sonst nie etwas Aufregendes. Ein paar Hühner waren mal ausgebüxt und auf die Hauptstraße gelaufen, aber das war’s auch schon. Mhhh, ob die dann bei Klammi auf dem Grill gelandet waren? Und dann in unserem Bauch? Egal, das hier war interessanter.
Ich schaute mich schnell um, ob Laura schon aus dem Haus kam. Nein, ich hatte noch Zeit, noch war nichts von ihr zu sehen. Das musste ich nämlich jetzt in allen Einzelheiten wissen. Wow, ein Einbrecher.
„Woher weißt du das denn?“ fragte ich Bijou und rückte ein bisschen näher, um ja nichts zu verpassen.

„Bolle hat es mir gestern Abend erzählt, Mama musste noch tanken. Und der weiß es von Arco, den kennst du doch auch, den Schäferhund von Polizeiobermeister Röll.“

„Oh, dann muss es ja stimmen, Arco sitzt ja genau an der Quelle. Haben sie denn schon einen Verdacht, wer es sein könnte?“

„Nein, keine Hinweise. Der Typ muss sich genau auskennen. Keiner hat bisher etwas bemerkt. Und er sucht gezielt die Häuser mit älteren Menschen aus.“

„Max? Kommst du? Wir müssen.“ Laura stand plötzlich hinter mir. Mist! Immer im falschen Augenblick. Gerade, wo es spannend wurde. “Tschüss Bijou, ich muss. Erzählst du mir heute Abend den Rest?“ „Klar Max, bis nachher. Und einen schönen Tag auf der Arbeit wünsch ich dir.“

„Bijou gefällt dir, nicht wahr Max? Ist aber auch ein hübsches Mädchen.“ Laura grinste und öffnete mir die Autotür. Mann, jetzt ging das wieder los. Ja, Bijou ist bildschön und nein, ich bin nicht verliebt! Vielleicht ein ganz kleines bisschen, aber wirklich nicht der Rede wert. Außerdem hat sie schon einen Freund, den Vater ihrer Kinder! Also, Schluss mit dem „bist verliebt Max“ Gefasel.

Als wir im Antiquitätengeschäft ankamen, stürmte uns „Opa Kremer“ schon mit einer Zeitung in der Hand entgegen. „Laura, haben Sie das schon gelesen? Hier bei uns in der Gegend geht ein Einbrecher um. Fünf Häuser hat er schon ausgeräumt.“

Aha! Die Menschen hatten es also auch schon mitgekriegt. Schnell rückte ich näher an Laura und Opa

Kremer heran und lauschte aufmerksam, vielleicht kam ich so noch an ein paar neue Informationen.
Laura nahm die Zeitung und las den Bericht. Nun sag schon was, heiliger Mopsklops, das dauerte immer.
„Hier steht“, meinte sie und schüttelte verwundert den Kopf, „dass dieser Kerl nur gezielt teure Antiquitäten stiehlt. Er bricht ein, schnappt sich die wertvollsten Stücke und ist auch schon wieder verschwunden. Keiner der Eigentümer, die meist sogar noch im Haus sind, hat bisher etwas gehört oder ihn bemerkt! “ Laura kratzte sich am Kopf. „ Woher weiß der, wer wertvolle Antiquitäten besitzt, und wo sie stehen?“ „ Eben!“ Opa Kremer polierte an seiner Brille herum. Hihi, das machte er immer, wenn er aufgeregt war. „Der hat genaue Informationen darüber, wo sich ein Einbruch lohnt und er besitzt Sachkenntnis. Aber wie kommt er an die Informationen? Auf gut Glück zu beobachten, ob jemand Wertgegenstände ins Haus bringt, na, damit könnte er Jahre verbringen. Dem Zufall überlässt er es nicht. Also, wie macht er es?“ Die beiden sahen sich ratlos an. „ Nun ja, warten wir mal ab, ob die Polizei etwas herausfindet.“
Schade. Das war nun wirklich etwas mager und das meiste wusste ich ja schon.
Ich konnte es kaum erwarten, nach Hause zu kommen um mit meinen Freunden darüber zu reden. Aber der Tag zog und zog sich wie ein altes Kaugummi, das man sich unter eine Pfote getreten hat. Immer wieder kamen Kunden, um entweder ihren alten Kram los zu werden, oder neuen alten Kram dazu zukaufen und alle hatten nur ein Thema: den Einbrecher. Keiner wusste genaues,

aber alle brabbelten stundenlang darüber und stellten Vermutungen an, während ich mir vor Verzweiflung das Fell raufte.

Endlich waren alle Kunden erfolgreich vertrieben und Laura verschloss die Ladentür. Ich hopste vor Aufregung von einer Pfote auf die andere, bis ich endlich im Auto saß und wir uns auf den Heimweg machten.

Kaum aus dem Auto, raste ich auch schon los. „Daisy“, brüllte ich, „ komm schnell, lass uns Cash und Oskar suchen, es ist was ganz spannendes passiert!“ Daisy holte mich auf dem Feldweg ein. „Warum brüllst du so, was ist denn los?“ „Warte, bis wir alle zusammen sind, dann muss ich nicht alles dreimal erklären.“

Wir fanden Oskar schließlich in seiner alten, verrotteten Gartenlaube, in der er zur Zeit wohnte und hockten uns auf ein kaputtes Kissen, das in einer Ecke herum lag. Nicht gerade gemütlich, aber besser als mit dem Hintern im Dreck und den ganzen Spinnenweben zu sitzen. Mensch, der Kerl musste hier dringend raus, was sollte das erst im Winter geben? Es zog jetzt ja schon aus allen Ritzen.

Ich erzählte den anderen, was passiert war. „Ja, habe ich schon gehört, ich bin ja öfters in der Stadt unterwegs als ihr.“ Oskar nieste und quetschte sich mit auf das Kissen. „Entschuldigung, liegt an dem ganzen Dreck hier.“

„Die Polizei tappt völlig im Dunklen, die haben keine Ahnung, wie er sich die Häuser aussucht. Sie wissen ja nicht mal, ob es nur einer oder eine ganze Bande ist.“ Cash sah uns an. „Das wäre doch was für die

Plattschnauzengang. Wir Tiere haben doch ganz andere Möglichkeiten als die Menschen."
„Hey, das ist eine gute Idee", Daisy's Augen funkelten vor Begeisterung, „Ich klappere alle Katzen in der Gegend ab und ihr unterhaltet euch mit allen Hunden. Irgendwer muss etwas bemerkt haben, vielleicht finden wir einen Hinweis."
Ha! Ein Fall für die Plattschnauzengang, den besten Schnüffelnasen der Welt!
Und so schnell wird man vom Kundenbetreuer zum Privatdetektiv...........

# 7.

An unseren freien Tagen und an den Wochenenden besuchen Laura und ich regelmäßig Tante Agathchen.
Tante Agathchen ist eigentlich keine Tante, sondern eine nette ältere Dame, die wir im Antiquitätengeschäft kennen gelernt haben. Laura bediente sie, sie kamen ins Gespräch und daraus entstand eine innige Freundschaft zwischen den beiden. Tante Agatha ist für ihre 86 Jahre noch sehr fit, nur ihre Hüfte macht ihr in der letzten Zeit ein paar Probleme. Treppensteigen und bücken wird immer schwerer für sie, deshalb hilft Laura ihr bei der Hausarbeit und beim Einkauf.
Ich hänge sehr an Tantchen, bei ihr bin ich die Nummer eins. Jedes mal, wenn wir vorbei schauen, verwöhnt sie mich mit den feinsten Mahlzeiten.
Lachshäppchen, Rind mit Nudeln und Soße, kurz, nach einem Besuch bei ihr kann man mich rollen. Von den zusätzlichen Streicheleinheiten, die ich immer bekomme, wollen wir erst gar nicht reden. Es wäre der Himmel auf Erden, wenn es da nicht ein klitzekleines Problem gäbe. Und das Problem heißt Bruno!
Bruno ist Tantchens Dackel. Er ist uralt, hat keinen einzigen Zahn mehr im Maul und kaum noch Fell. Außerdem stinkt er bestialisch weil er sich nicht baden lässt, dieses Ferkel.
Bruno war wohl noch nie so umgänglich mit anderen Hunden, er ist eher ein Einzelgänger, aber mich hasst er

geradezu. Ich weiß nicht warum, ich hab ihm jedenfalls nie etwas getan.
Nun sollte man ja doch meinen, dass er sich nach all den Monaten, die wir nun schon kommen, mit mir abgefunden hat. Aber nein, stets das gleiche Spiel. Tantchen öffnet die Türe, ich marschiere ins Wohnzimmer, es dauert eine Weile, bis er mich bemerkt, er hört und sieht nämlich auch nicht mehr so gut und dann schimpft er los! In einer Lautstärke und so unflätig, das ich mir am liebsten Ohrenstöpsel in meine Schlappohren stecken würde. Mann, kann der fluchen, von dem könnte man glatt noch was lernen!
Nicht, das man jetzt denkt, ich habe Vorurteile gegen alte Hundeopas, die sind in der Regel sehr nett. Und stinken auch nicht so. Aber dieser Hund ist einfach nur grantig!
Nur gut, dass er keine Ausdauer mehr hat, nach ein paar Minuten fluchen und schimpfen klappt er auf seinem Sessel zusammen und fängt an zu schnarchen. Und schläft durch, bis wir wieder gehen, der grauselige alte Kerl. So ist es einigermaßen erträglich.

Ich freue mich immer riesig, wenn wir zu Agathchen fahren, doch heute war alles anders. Kaum hatte ich eine Pfote bei Tantchen in den Flur gesetzt, als ich es auch schon roch. Ein süßlicher, komischer Geruch hing in der Luft. Nein, nicht Bruno, der Geruch kam von einem Menschen, der bei Tantchen im Wohnzimmer herumlungerte. Vorsichtig stakste ich hinein und beschnüffelte den Kerl genauer. Anzugträger, gestärktes Hemd, Krawatte... die Schuhe auf Hochglanz poliert, polierte Glatze und dickes, knallrotes Gesicht. Und eine

Stimme wie eine rostige Fahrradspeiche. Alles in allen eine sehr unangenehme Erscheinung. Ich zog mich etwas zurück, mit dem wollte ich nichts zu tun haben. Als er sich unerwartet bückte, um mit seinen dicken Fingern nach mir zu greifen, passierte es: ich knurrte ihn an. Heiliger Mopsklops, hab ich mich erschrocken, ich knurre sonst nie Menschen an. Warum auch, ich mag Menschen. Aber der war mir nicht geheuer!

Nur gut, dass es weder Laura noch Tante Agatha bemerkt hatten, freudig stellte Tantchen ihren Gast vor.

„Laura, darf ich vorstellen? Ihr kennt euch ja noch nicht. Das ist Herr Schultze, mein Versicherungsagent. Er hat all meine Schätze bestens versichert, er kennt sich auch sehr gut mit Antiquitäten aus.“ Herr Schultze wischte sich mit einem Taschentuch über die Stirn. Er schwitze plötzlich. Mit dem stimmte doch etwas nicht, das konnte ich riechen.

„Ach gnädige Frau“, knarrte er, „Sie sind zu gütig. Ich mache doch nur meine Arbeit!“

„Er war auch sehr interessiert an einem meiner Bilder, nichts besonderes oder teures, nur ein Liebhaberbild. Aber es beweist, dass Herr Schultze Geschmack hat. Er möchte es gerne kaufen. Hab ich dir das Bild schon gezeigt, Liebes?“

Jetzt wurde dieser Widerling richtig nervös. Er klappte den kleinen Koffer zu, der vor ihm auf dem Tisch stand, schnappte ihn und sprang von seinem Sessel auf.

„Nur eine Frage, gnädige Frau, es war nur eine Frage. Natürlich verstehe ich, wenn sie es nicht verkaufen möchten. Nun wird es aber Zeit für mich, ich habe schon genug ihrer kostbaren Zeit gestohlen. Meine

Damen, ich empfehle mich.“ Galant beugte er sich über die Hände von Laura und Tantchen und hauchte einen Kuss darauf.
Bah, so ein schmieriger Kerl. Und schon ertappte ich mich dabei, dass ich wieder knurrte.
Tantchen schwärmte noch Ewigkeiten, nachdem Herr Schultze endlich verschwunden war, darüber, wie nett er doch sei und wie viel Wissen er über Kunst und Antiquitäten doch besaß. Ich hingegen lag auf Tantchen’s Schoß, ließ mir den Bauch kraulen und dachte darüber nach, was mich an diesem Menschen so abgestoßen hatte.
Daisy wusste auch keinen Rat, als ich ihr später davon erzählte. „Vielleicht mag der keine Hunde und das hast du gespürt? Wie hat sich Bruno denn ihm gegenüber verhalten?“ „Bruno hat geschlafen, wie immer. Von dem kann man doch keine Hilfe erwarten. Ach, ich weiß nicht, vielleicht lag es wirklich nur an seiner Abneigung gegen Tiere.“
Ganz überzeugt war ich noch nicht. Ich wurde einfach das Gefühl nicht los, dass Herr Schultze ein sehr schlechter Mensch war!

# 8.

Zwei Wochen lang ereignete sich nichts Besonderes. Cash, Oskar, Daisy und ich verbrachten die Tage damit, unsere Freunde und Bekannten um Mithilfe zu bitten. Wir wollten so viele Hunde und Katzen in der Umgebung wie nur möglich vor den Einbrecher warnen und zur erhöhten Wachsamkeit aufrufen. Tja, nur wie setzte man sich mit Tieren in Verbindung, die weit weg wohnten und die man zu Fuß, ähhh, Pfote nicht erreichen konnte? In solchen Momenten ärgerte es mich dann doch, dass wir nicht die gleichen Möglichkeiten hatten wie ein Mensch. Der benutzte einfach das Telefon.

Vielleicht sollte ich ein Handy für Hunde erfinden. Eines ohne Tasten, in das man einfach nur hinein bellen muss um die gewünschte Nummer zu wählen. Mit „Bellerkennung“ sozusagen.

Hab ich schon erwähnt, dass wir Tiere nicht ganz doof sind?

Wir benutzten einen simplen Trick, um unsere Nachricht weiter zu leiten. Wir suchten die Hunde und Katzen in unserer Nähe auf, diese wiederum besuchten Freunde in ihrer Nähe und so bildeten wir nach und nach einen fast lückenlosen Überwachungsring rund um unsere Stadt.

Doch dann geschah das Unfassbare! Und wieder war es Bijou, die es zuerst erfuhr.

„Max, Daisy, kommt doch mal schnell bitte“, Bijou sprang aufgeregt am Zaun auf und ab, der unser Grundstück von ihrem trennte, „es ist etwas furchtbares passiert!“

„Ist was mit deinen Kindern? Geht es euch gut?“ Entsetzt rannten wir zu ihr hinüber.

„Nein, nein, es ist nichts mit meinen Kleinen, aber der Einbrecher hat wieder zugeschlagen. Ich habe gerade Arco beim Gassi getroffen. Wieder ein Haus mit einer alleinstehenden älteren Dame, wieder hatte er es nur auf die wertvollen Sachen abgesehen. Aber diesmal muss ihn die Eigentümerin gestört haben, er hat sie nieder geschlagen. Sie ist sehr schwer verletzt und sie wissen nicht, ob sie durchkommt. Heute Morgen hat man sie gefunden. Ist das nicht grauenhaft?“

Wortlos starrten wir uns an. Oh nein! Das durfte ja nicht wahr sein. Heiliger Mopsklops, und wir dachten, wir haben es mit einem gewöhnlichen Dieb zu tun, doch dieser Kerl schien vor nichts zurück zu schrecken. Nicht einmal vor Mord!

„Aber gestern wurde er beobachtet.“ Bijou begann zu flüstern.“ Ein Kater, der gestern Nacht dort durch die Gegend gestromert ist, um seine Freundin zu treffen, hat einen Wagen gesehen, der versteckt in einem Feldweg geparkt war. Als er sich den Wagen näher anschauen wollte, kam ein großer, ziemlich ungepflegter Typ mit einem Sack angerannt, warf ihn auf den Rücksitz und raste davon. Viel hat er leider nicht erkennen können, er sagt, es war ein dunkles Auto, allerdings war an der Seite des Wagens, da wo das Loch ist, wo das Benzin

hinein kommt, ein Bild, so ein Aufkleber. Eine Schlange oder ein Drachen..... genau weiß er es nicht!"
„Heiliger Mopsklops, das ist doch schon mal ein Anfang. Hat er gesehen, in welche Richtung der Wagen fuhr?"
„Ja, Richtung Innenstadt..... leider wusste der Kater nicht, aus welchem Haus er gekommen war, er hat auch keine Spur gefunden, sonst hätte man der alten Dame vielleicht früher helfen können." Bijou schaute betrübt auf den Boden.
„Gräm dich nicht Bijou." Daisy stupste sie zart mit der Pfote an. „ Wir Katzen sind nun mal leider nicht so gute Spurensucher wie ihr Hunde. Aber wenigstens haben wir einen Anhaltspunkt, das ist mehr als die Menschen haben!"
Unfassbar! Dieser Kerl ist ja wie Geist. Er steigt eiskalt in Häuser ein, deren Eigentümer anwesend sind, bringt fast eine alte Frau um und einzig ein liebestoller Kater bemerkt ihn!
„In Ordnung! Geben wir die Beschreibung des Wagens weiter. Daisy, du kümmerst dich um die Katzen und mache ihnen klar, das wir extrem wachsam sein müssen. Wir haben ihn nicht ernst genug genommen, der Typ ist gefährlich!
Ich hole Cash und Oskar und wir reden mit den Hunden. Ab sofort werden nachts Wachen eingeteilt, der muss gefasst werden, bevor noch etwas passiert.
Ach und sie sollen alle Beobachtungen an Bijou weiter geben, denn sie ist durch die Kinder meist zu Hause, ist das in Ordnung Bijou?"

„Natürlich Maxwell, so kann ich wenigstens auch mithelfen. Viel Glück, bis nachher, ich muss jetzt rein, die Kleinen füttern."
Daisy und ich flitzten los. Wir mussten uns beeilen, es war schon spät, Laura ließ uns zwar viel Freiheit, wir konnten eigentlich kommen und gehen, wann wir wollten, aber sie sah es nicht so gerne, wenn wir bis spät in der Nacht draußen herum stromerten. Abends hatte sie ihre kleine Familie gerne bei sich, sie brauchte ihre täglichen Schmuseeinheiten mit uns. Wir kuschelten uns dann alle zusammen aufs Sofa, schauten uns einen Film im Fernsehen an und genossen einfach die Nähe der anderen. Das heißt, Laura schaute sich einen Film an, Daisy und ich schliefen bei dem langweiligen Quatsch gewöhnlich ein.

# 9.

Schnell hatten wir alle Hunde und Katzen informiert, unsere „stille Post“ funktionierte ausgezeichnet. Oskar erklärte sich bereit, für unsere Nachbarschaft die erste Nachtwache zu übernehmen. Da er die meiste Zeit nachts sowieso herum strolchte, machte ihm das nichts aus.
Die zweite Nacht übernahm ich. Oskars Wache war ruhig verlaufen, außer einem ziemlich biestigen Waschbären, der in den Mülltonnen herum wühlen wollte und sich durch Oskars Anwesenheit gestört fühlte, war ihm niemand über den Weg gelaufen.
Den ganzen Tag über war ich ganz kribbelig vor Aufregung, meine erste Nachtwache! Ganz allein draußen im Dunklen. Nicht das jetzt jemand denkt, ich fürchte mich nachts, nein, bitte schön, ein Mops kennt keine Angst. Wir Möpse sind Kämpfer, wir fürchten weder Tod noch Teufel. Ha, den Spruch habe ich mal im Fernsehen gehört, der gefiel mir so gut. Weiß zwar nicht genau, was es bedeutet, klingt aber gut!
Daisy riet mir, tagsüber noch etwas zu schlafen, damit ich nicht so schnell müde wurde, aber egal, was ich anstellte, es ging nicht. Es war zu laut, zu hell, kroch ich unter meine Decke, wurde es zu warm und ich bekam kaum noch Luft. Ich drehte mich von einer Seite auf die andere, versuchte, eine bequeme Stelle zu finden, auf der Decke, unter der Decke, auf Lauras Kopfkissen, was ich eigentlich nicht darf und trotzdem

zu gerne mache, weil es so gut riecht, kurz, ich war so aufgedreht, dass ich schon dachte, ich hätte eine Ladung Batterien gefressen. Also stand ich wieder auf, marschierte in den Garten, einmal um unseren Fischteich, wieder ins Haus, saß ein paar Minuten blöde in der Küche herum und marschierte wieder in den Garten. Immer und immer wieder. Wie ein Roboterhund. Und dabei quasselte ich lauter dummes Zeug.

Nach ein paar Stunden war Daisy so genervt von meinem Gerenne und Gezappel und Gequassel, das sie mir vor lauter Wut die Pfote auf meine Schlappohren knallte, mich anbrüllte, ich solle endlich mal meine Schnauze halten und sich, Schimpfwörter murmelnd, in den Schuppen verzog. Ojee, das mussten nun die armen Mäuse wieder büßen.

Irgendwie, mit vielen Selbstgesprächen, denn auch Bijou war nach einer Weile vor mir geflüchtet, schaffte ich es, den Tag zu überstehen. Endlich Abend! Nun mussten wir nur noch Laura überreden, ins Bett zu verschwinden, dann konnte meine Nachtwache beginnen.

Ich wartete, bis Laura fest eingeschlafen war, leckte Daisy einmal schnell über die Nase und schlich mich aus dem Schlafzimmer. Gut das die Türe nie geschlossen ist, Laura lässt sie immer einen Spalt offen, falls einer von uns Nachts ...nun ja... halt mal muss!

Durch die Klappe in der Hintertüre gelangte ich unbemerkt in den Garten. Dann schlich ich mich ums Haus und krabbelte in mein Versteck unter einem Busch direkt neben der Zaunlücke. Ich hatte mir die Stelle nachmittags schon ausgesucht und mit einer alten Decke und einem Kissen gemütlich eingerichtet, hier wollte ich die Zeit zwischen meinen Rundgängen verbringen. Man konnte ja schließlich nicht die ganze Nacht hin und her laufen.

Puh, es war ganz schön dunkel nachts hier unter diesem Busch. Ich kuschelte mich ein bisschen enger an das Kissen. Und diese komischen Geräusche, so etwas hörte man tagsüber nie.

Egal, am besten brachte ich gleich die erste Streife hinter mich, bevor ich zu müde wurde. Bewegung soll da ja Wunder wirken.

Also kroch ich durch die Zaunlücke und marschierte den Feldweg hinter den Häusern entlang.

Um nicht gleich aufzufallen, mied ich die Mitte des Weges und schlich dicht an den Gartenzäunen entlang.

Heiliger Mopsklops! Ich blieb schlagartig stehen, und starrte auf eine große, unförmige, dunkle Gestalt am Rand des Weges. Was war das denn? Ich spürte, wie sich mein Nackenfell sträubte. Ojee, und nun? Leise begann ich vor mich hin zu murmeln, um mir selbst Mut zu zusprechen. Komm schon Max, sei tapfer, nur ein bisschen näher ran, nur ein klein bisschen näher ran, damit du sehen kannst, was.........aaach, das war ja nur die alte Regentonne vom ollen Weber. Mensch, hatte ich mich jetzt erschrocken. Der olle Weber stellte das Ding immer auf den Weg, anstatt sie in seinen Garten zu packen, wo sie hingehörte. Damit nervte er schon die komplette Nachbarschaft.

Aber, seltsam, ich tapste so oft an dieser Tonne vorbei, für uns ist sie ein gewohnter Gegenstand, den wir gar

nicht mehr bemerkten. Warum wirkte sie nachts so bedrohlich... ähhhh... anders?
Schnell beendete ich meinen Rundgang, schaute in jede Einfahrt und jede Ecke, nur um sicher zu gehen, das dort niemand lauerte.
Die ganze Zeit über aber hatte ich das mulmige Gefühl, dass mich jemand beobachtet, ja verfolgt!
Ich atmete erst auf, als ich endlich wieder heil unter meinem Busch saß. Jetzt konnte ich eine Weile entspannen. War schon eine gute Idee mit dem Kissen und der Decke. Aber was knisterte denn da hinter mir? Schlich da jemand herum? Heiliger Mopsklops, dunkler ging es ja wohl nicht mehr, man sah ja nicht mal die Pfote vor den Augen. Max, mach dich nicht selbst verrückt, da ist nichts! Oder doch? Und wenn nun der Waschbär hier herum schlich? Mir fielen die Gruselgeschichten ein, die Daisy mir manchmal nachts im Bett erzählte.
Über große Gespenstereulen, die lautlos in der Dunkelheit angeschwebt kamen, kleine Möpse fingen und auffraßen, Geisterkatzen, die Möpse fingen und sich Fellmützen aus ihnen machten. Wenn nun so etwas da draußen war? Ach Quatsch, das waren nur Geschichten, mit denen sie mir Angst machen wollte.
Zeit für den nächsten Rundgang! Ich raste über den Feldweg, flitzte um die Kurve auf die Strasse, sauste schnell zurück in unseren Garten und verkroch mich unter dem Busch. Zitternd krabbelte ich bis zur Nasenspitze unter meine Decke. Nicht, das ich mich fürchtete, nein, Maxwell Mops kennt keine Angst, es war nur sehr kalt. Wirklich!

Da knackte es wieder, diesmal laut und vernehmlich. Ich zuckte vor Schreck so heftig zusammen, dass ich mit dem Kopf gegen einen Ast knallte.

Das waren sie! Ganz sicher. Die Geisterkatzen. Jetzt kamen sie, um mich zu holen. Wenn doch nur Daisy bei mir wäre, sie würde mich beschützen. Sie würde es nie zulassen, dass man eine Fellmütze aus mir macht. Nicht meine Daisy!

Schlotternd vor Furcht schielte ich um die Kante meiner Decke. Da war was, etwas Helles...... es tauchte plötzlich direkt vor mir auf, wurde groß und größer, kam auf mich zu.

„Iiiiiiiiaaarghhhchhhhh."

Ein grauenhaftes Fauchen und Kreischen! Und dann schnappte es mich am Ohr! Ich schoss aus dem Gebüsch heraus, vor Entsetzen stand mein Fell in alle Himmelsrichtungen ab. „Daisy", schrie ich in Panik, „Daisy hilf mir, die Geisterkatzen sind hinter mir her."

Ich rannte so schnell ich konnte zum Haus, die Geisterkatze dicht auf meinen Fersen. Plötzlich stolperte ich über etwas, was auf dem Rasen lag und fiel auf die Seite. In Sekundenschnelle war die Geisterkatze heran und stürzte sich zischend auf mich. Heiliger Mopsklops!

„Wuuaaaahhhihiiiihahaaaa."

Moment, die Stimme kannte ich doch. „Daisy? Daaaaaisy?" "Hihihiiiiii. "Daisy kroch unter dem weißen Tuch hervor, das sie sich über den ganzen

Körper gestülpt hatte. „Mensch, spinnst du, was machst du denn? Soll ich vor Angst sterben?“ Daisy lag neben mir auf dem Rasen und kicherte vor sich hin. „Das war so witzig, Geisterkatzen, Herrjee Max, du glaubst wirklich alles.“

Langsam beruhigte ich mich. Und dann musste ich schmunzeln. Diese verrückte Katze. Daisy kuschelte sich an mich und schnurrte mir ins Ohr. „Bist du sehr böse auf mich?“

„Nein, na ja, ich habe mich aber auch ganz schön angestellt nicht wahr?“ Daisy grinste und stand auf. „Halb so wild, Bruderherz, mir wäre es nicht anders gegangen. Komm, wir machen den letzten Rundgang zusammen und dann gehen wir ins Bett. Es wird ja schon hell, jetzt kommt der Kerl nicht mehr.“

# 10.

Am nächsten Morgen erkundigten sich Oskar und Cash, wie meine Nachtwache verlaufen war. „ Ach, total ruhig, geradezu gähnend langweilig.“ tönte ich und schielte zu Daisy, die aus dem Haus kam, um die Jungs zu begrüßen.
„Alles ganz locker.“ „Ja, ich hab wie ein Baby geschlafen, wusste ich doch, dass mein Bruderherz uns beschützt.“
Daisy zwinkerte mir zu. Meine Daisy. Wenn sie auch manchmal Späße auf meine Kosten macht, verpetzen oder im Stich lassen würde sie mich nie. Puuh, nur gut, dass meine Freunde von der „Geisterkatze“ nichts wussten, mein Auftritt heute Nacht war doch mehr als peinlich!
Daisy hat Mut wie ein Jack Russell, die kann so schnell nichts aus der Ruhe bringen. Ich finde das beneidenswert.
Wenn etwas erledigt werden muss, packt sie es an, ohne groß darüber nach zu denken. Wie die Sache mit dem...nöö, das muss ich richtig erzählen.

Wir haben bei uns im Garten einen kleinen Fischteich mit hübschen kleinen, bunten Fischen darin. Der ist so schön und mir macht es soviel Freude, den Fischen beim herumschwimmen zu zuschauen. Ich zähle sie auch jeden Tag, damit keiner abhanden kommt, es sind ganz genau ... ähh... sehr viele Fische. Frösche haben wir auch, die schleppt Cash immer an, er liebt diese

gruseligen kalten Quabbeldinger abgöttisch und da er keinen Teich hat, „parkt“ er sie immer bei uns.
Irgendwann fiel mir auf, dass es immer weniger Fische wurden, ich konnte mir das gar nicht erklären. Ich meine, ein Fischchen krabbelt ja nicht einfach mal so aus seinem Teich, um auszuwandern. Auch die Frösche waren bis auf einige wenige verschwunden. Das ging eindeutig nicht mit rechten Dingen zu. Cash reagierte ziemlich sauer und verdächtigte sofort die Katzen in der Nachbarschaft. Gut, der Gedanke war mir auch schon gekommen, aber Daisy duldete keine fremden Katzen unerlaubt auf unserem Grundstück. Das hatte sie einigen schon ziemlich schmerzhaft klar gemacht.
Nur, wohin verschwanden unsere schönen Fische und Cash's Quabbelfrösche?
Daisy beschloss, sich ein paar Tage lang am Wohnzimmerfenster, von dem man einen freien Blick auf den Teich hatte, auf die Lauer zu legen. Da Laura uns auf jede Fensterbank ein paar Kissen gelegt hatte, war das für sie bequemer, als draußen direkt vor dem Teich zu sitzen. Während des Tages konnte sich eigentlich keiner ungesehen unserem Teich nähern, wir hopsten ja die ganze Zeit im Garten herum, bekamen oft Besuch von Freunden und auch Bijou wäre ein fremdes Tier aufgefallen.

Früh am nächsten Morgen, es war noch nicht mal richtig hell und beileibe keine Zeit, um einen Mops aus dem Bett zu werfen- ich bin sehr heikel, wenn es um meinen Schönheitsschlaf geht- wurde ich durch ein wütendes Kreischen von Daisy geweckt. Dann hörte ich sie durch den Flur rasen, die Mops-Katzenklappe schepperte und Sekunden später wildes Kampfgetümmel aus dem Garten. Heiliger Mopsklops, irgendwen oder irgendwas hatte sie erwischt und vermöbelte ihn ordentlich! Ich rannte schnell hinterher, das konnte ich mir schließlich nicht entgehen lassen. Ich rechnete ja nun mit allem möglichen, Waschbären, fremden Katzen, aber was ich dann sah, als ich am Teich ankam, war unglaublich...

Ein riesiger Fischreiher versuchte verzweifelt in die Luft zu kommen, weg zu fliegen, aber da hatte er die Rechnung ohne Daisy gemacht! Wutentbrannt hing sie mit Zähnen und Krallen an seinem rechten Bein und zerrte ihn immer wieder nach unten. Egal, wie schnell er mit seinem Schnabel oder den Flügeln nach ihr hackte und schlug, er traf sie einfach nicht. Daisy war schneller.

Ich muss dazu sagen, Daisy ist für eine Main Coon Katze sehr groß und kräftig, dass sie allerdings so stark ist, wusste ich bis dahin auch nicht. Sie drehte und wendete sich, zog und zerrte, Federn flogen durch den Garten, es war faszinierend. Der arme Reiher hatte keine Chance, wild mit den Flügeln schlagend versuchte er nur noch auf die Beine zu kommen, um sich zu retten. Und dann ließ sie plötzlich von ihm ab. Hihi, ich glaube, ich habe noch nie so einen zerrupften Vogel in meinem Leben gesehen.

Wie er sich beeilte aus unserem Garten zu kommen. Er hopste mehr als das er flog, Daisy musste ihm wohl einige seiner Flugfedern verbogen haben. „Hau nur ab und erzähl es deinen Freunden, was mit Fischreihern

passiert, die hier klauen wollen." brüllte Daisy ihm nach.
Dann warf sie sich vor Anstrengung keuchend ins Gras. „So", japste sie, „der frisst keinen von unseren Fischen mehr! Ich dachte, ich schau nicht richtig. Steht der da in unserem Teich und angelt sich einen Fisch nach dem anderen heraus! Zwei Stück hatte er schon gefressen, bevor ich ihn erwischt hab. Der spinnt wohl!"
Bewundernd sah ich sie an. Meine Schwester ist mit Abstand das mutigste und tapferste Mädchen, das ich je kennen gelernt habe. Von ihr kann sich manch ein Hund noch etwas abschauen!
„Komm wir gehen rein, frühstücken. Und ich muss mich dringend putzen, ich habe die ganze Schnute voller Federn, bäh!" Daisy spuckte und stand auf. Langsam ging sie zurück zum Haus. Sie humpelte stark auf der linken Vorderpfote. „Daisy, bist du verletzt?" Entsetzt schaute ich auf ihre Pfote, konnte aber nichts sehen. „Nein, ist schon in Ordnung, er hat mich nur kurz mit dem Schnabel getroffen, es tut halt etwas weh. Nun schau nicht so, das wird wieder, guck, blutet ja nicht mal."

In beiden Dingen behielt Daisy Recht. Ihre Pfote „wurde wieder", und von diesem Tag an lebten unsere Fische ein langes, zufriedenes und Fischreiherfreies Leben!

# 11.

Am Wochenende besuchten Laura und ich wieder unser Tantchen. Daisy blieb wie immer zu Hause, sie hasste Autofahren noch mehr als ich.
Da die Nachtwachen noch keinen Erfolg gebracht hatten und der Einbrecher auch bisher nicht wieder aufgetaucht war, fuhr ich reinen Gewissens mit. Daisy und Bijou hielten Zuhause so lange die Stellung.
Ich roch ihn sofort, als Agatha die Türe öffnete, der schmierige Schultze war wieder da.
Sofort rannte ich ins Wohnzimmer, baute mich vor ihm auf und knurrte ihn an. Ich wollte ihm klar machen, dass ich ihm nicht traute, dass ich wusste, was für ein mieser Kerl er ist.

Faul und gefräßig, mit einem großen Stück Kuchen vor sich auf einem Teller, hockte er wie eine fette Spinne in einem der Sessel und grinste mich an.
„Na, du kleiner Scheißer, bist du auch wieder da?“ knarrte er so leise, dass nur ich ihn hören konnte. Kleiner Scheißer? Na dem Mistkerl würde ich es zeigen! Ich knurrte lauter und machte steifbeinig einige Schritte auf ihn zu.
„Maxwell Mops!“ Lauras Stimme war scharf wie ein Messer. „Was soll das, benimm dich und komm hierher, sofort!“ Ich lief mit hängenden Ohren zu ihr, wenn sie so mit mir redete, duldete sie keinen Widerspruch. Laura und ich lebten nun seit über zwei Jahren zusammen, wir waren ein tolles Team. Doch eins hatte

ich in dieser Zeit sehr schnell gelernt. Mit Laura legte man sich besser nicht an. Laura brüllte nicht, oder strafte, wenn ich nicht folgte oder etwas angestellt hatte, nein, sie ignorierte mich ganz einfach. Und das war für mich viel schlimmer als Prügel oder Schimpfen. Ich liebte sie so sehr, dass ich es nicht ertragen konnte, wenn sie nicht mehr mit mir sprach, mich nicht mal mehr anschaute.

Ich weiß noch, wie ich Laura kennen lernte. Meine Geschwister und ich waren alt genug, um neue, eigene Familien zu finden und so kamen viele fremde Menschen, um meine Mama und uns zu besuchen. Manche waren sehr nett, manche machten uns Angst, gerade manche kleine Menschen, wenn sie laut herum sprangen und schrien, uns an Ohren und Schwänzen ziehen wollten und einfach keine Ruhe gaben. Diese Menschenkinder waren schlimm, sie waren so laut, dass es uns in den Ohren wehtat und wir uns am liebsten verkrochen hätten.

Aber unser Ziehpapa passte immer auf Mama und uns auf, dass uns nichts Schlimmes geschah. Wir hatten nämlich neben Mama und Papa noch Zieheltern. Die Menschen nennen sie wohl Züchter, ich finde das ist die blödeste Beschreibung, die sich die Menschheit je ausgedacht hat. Also bitte, ich und meine Geschwister wurden nicht in einem Blumentopf gezüchtet, wie ein oller Kohlkopp, wir wurden ganz normal geboren und von Mama aufgezogen. Unsere Menschen unterstützten sie nur beim Füttern und beim erziehen ihrer „Rasselbande“, wie sie uns heute noch liebevoll nennt. Zieheltern, bitte schön, nicht Zuchteltern. So!

Eines Tages stand Laura in unserem Garten. Sie hatte durch die Zeitung über uns erfahren und da sie mit dem Gedanken spielte, sich einen kleinen Hundefreund zuzulegen, wollte sie sich bei uns einmal umschauen.
Ich sah sie dort stehen und es war Liebe auf den ersten Blick! Meine Laura hatte die gütigsten Augen und die sanfteste Stimme, die ich je gehört hatte. Und wie gut sie roch. Ich wich ihr an diesem Tag nicht mehr von der Seite und fünf Wochen später zog ich mit Sack und Pack bei ihr und in ihr Leben ein. Keiner von uns hat diese Entscheidung bisher bereut.

# 12.

Ich verkroch mich neben dem Wohnzimmersofa und behielt den Kerl im Auge. Was wollte der hier ständig und wie oft kam der eigentlich? Ein normaler Versicherungsvertreter hockte doch nicht jede Woche bei seinen Kunden; unser Vertreter kam nur, wenn Laura ihn anrief. Wie neulich, als ich versehentlich das kleine Tischchen, das neben der Terrassentür steht, umgerannt hatte. Leider landete das blöde Ding genau in der Glastüre. Und ich war nicht alleine schuld, Daisy hatte mir in den Po gezwickt!
Ich lauschte angestrengt auf die Gespräche der Drei, um vielleicht etwas Neues zu erfahren. Aber es drehte sich alles nur ums Wetter, um Essen und Theater, was immer das ist.
Es sah auch nicht so aus, als ob er bald verschwinden wollte, schwitzend und wild bei jedem Wort von Tantchen mit dem Kopf nickend stopfte er ein Stück Torte nach dem anderen in seinen Rachen.
Bruno lag wie immer nach seinem üblichen Wutanfall schnarchend auf seinem Sessel.
Bruno! Natürlich, warum war ich da nicht gleich drauf gekommen, der wusste doch, wie oft der Fresssack hier erschien.
Ich kroch leise ums Sofa und schlich zu Bruno hinüber.
Bruno bemerkte mich gar nicht, er schnaufte und schnarchte selig vor sich hin und träumte

wahrscheinlich von besseren Zeiten, als er noch jung und fit war. Und noch gut gerochen hatte.
Puh, Mann, der stank ja wieder aus der Schnauze, bah, da drehte sich einem ja fast der Magen um. Wie gut, das ich noch nicht zu Mittag gegessen hatte.
Vorsichtig stellte ich mich an dem Sessel auf und stupste ihn mit der Nase an. Nichts. Ich stupste fester. Immer noch keine Reaktion. Noch ein Stupser. Heiliger Mopsklops, der schlief ja fester als ein Murmeltier im Winterschlaf, wenn er nicht so laut schnarchen würde, könnte man glatt meinen, er sei verstorben. Irgendwie musste ich ihn aber wach kriegen, das war wichtig, also schlug ich ihm meine Pfote mit aller Kraft genau auf die Schnauze. Das wirkte! Wie eine Silvesterrakete schoss er hoch, schüttelte den Kopf und starrte völlig verstört und blöde in die Gegend. Hui, ich wusste gar nicht, dass der alte Kerl noch so schnell war.
Doch dann sah er, wer ihn so unsanft aus seinen Träumen geweckt hatte. Seine Augen bekamen den biestigen Ausdruck, den ich nur zu gut kannte, er öffnete die Schnauze und wollte gerade los fluchen, als ich ihm schnell mit der Pfote die Schnauze zu hielt.
„Hör zu, Bruno“, zischte ich dicht an seinem Ohr, damit er es auch verstand, „für so einen Mist haben wir jetzt keine Zeit. Das nächste Mal kannst du mich meinetwegen wieder anbrüllen, aber jetzt müssen wir reden. Vernünftig! Es geht um Tantchen.“ Langsam zog ich die Pfote von seiner Schnauze. Bruno schaute mich an. „Was ist los, Jungspund, was ist mit meiner Agatha?“ zischte er und rückte näher an mich ran. „Sag mal, was ist mit diesem Schultze? Was will der hier?“

Bruno kratzte sich am Kopf. „ Der schwitzende fette Kerl? Weiß nicht, ich kann den nicht riechen. Laufend taucht der hier auf, zuckersüß mit seinem „gnädigen Frau“ Gesülze und versucht Agatha, ihr Lieblingsbild abzuquatschen. Hähä, ich hab dem schon in seine fetten Wurstfinger gebissen, als er an mir rum tatschen wollte. Hat der gequiekt und wie schnell er wieder weg war. “ Bruno lachte krächzend und schlug vor Vergnügen mit der Pfote auf den Sessel. Leider hauchte er mich dabei mit seinem Fischatem an. Uah, das haute den stärksten Hund von den Pfoten. Schultze war wahrscheinlich eher vor dem Mief geflüchtet, als vor dem Biss. Mit einem Backenzahn konnte man bestimmt nicht mehr viel Schaden anrichten.

Aber, verblüffend, so schlimm wie er sich immer anstellte, war Bruno ja gar nicht. Man konnte tatsächlich ganz normal mit ihm reden. Wenn man sich an den Geruch gewöhnt hatte, war er sogar ganz nett.

„Bruno, ich denke auch der Schultze ist falsch. Auf den müssen wir aufpassen. Du musst unbedingt versuchen, wach zu bleiben, wenn der da ist. Hör zu und merke dir alles, was er sagt. Schaffst du das?“ Bruno grinste und gähnte. „Hör zu Jungspund, ich bin zwar alt, aber nicht doof. Natürlich schaffe ich das. Und nun hau ab, ich brauch meinen Schönheitsschlaf, hähä. Der geht eh gleich, so lange kannst du aufpassen. Und freß mir nicht wieder das ganze Hähnchen weg, du Rollmops!“ Bruno drehte sich einmal um die eigne Achse, ließ sich mit einem lauten Plumpsen fallen und fing auch schon wieder an zu schnarchen. Unfassbar!

Kaum zu glauben, aber: Ich mag diesen grantigen alten Kerl!

# 13.

Bruno behielt recht, es dauerte gar nicht lange, um genau zu sein, nach dem er das letzte Stück Torte auf gefressen..... äh gegessen hatte, verabschiedete sich Herr Schultze. Wieder beugte er sich mit einem „gnädige Frau“ über Lauras und Tantchens Hand und küsste sie. Das ekelte mich so an, dass ich mich nicht beherrschen konnte... ich sprang vor und knurrte.

„Max!“ Ojee, das gab Ärger. Verflixt, warum konnte ich nicht einfach mal die Klappe halten. Aber dieser Kerl widerte mich dermaßen an......“Max, was soll das! Du hörst sofort auf. Aus!“ Lauras Stimme war eisig. „Entschuldigen Sie bitte Herr Schultze, ich weiß nicht, was in ihn gefahren ist, er ist sonst der liebste Hund der Welt!“ Jetzt entschuldigte sich Laura auch noch für mich bei diesem Dreckskerl. Schlimmer ging’s nimmer!

„Ach gnädige Frau“, Schultze hielt immer noch Lauras Hand zwischen seinen Wurstfingern und küsste wieder darauf, „Lassen sie es gut sein. Das entzückende Hündchen möchte doch nur sein Frauli beschützen. Recht so, so muss das sein.“ Entzückendes Hündchen? Bah, ich zeig Dir, was ein entzückendes Hündchen kann, du elender..... und schon hing ich in seinem Hosenbein! Ich wollte das wirklich nicht, es passierte einfach so. Der machte mich einfach rasend vor Wut.

„Max!“ Laura schnappte mich am Brustgeschirr und hob mich einfach hoch. Wie einen Koffer! Das konnte ich überhaupt nicht leiden und so strampelte ich wie

wild, um wieder frei zu kommen. Kurzerhand klemmte sie meine Beine unter ihren Arm. Schultze grinste mich dreckig an.
„Na ausgezappelt, kleines Hündchen? Siehst du, nun hast du dein Frauli böse gemacht. Musst du aber auch auf sie hören, kleines Hündchen.“ Ok, Schultze, mein Freund, ich kann mich zwar nicht mehr bewegen, aber komm ruhig ein Stückchen näher, beißen kann ich nämlich noch! Ich knurrte so laut, das jeder Dobermann vor Neid erblasst wäre.
Laura drehte sich wortlos mit mir um, ging zur Küchentür und schmiss mich in hohen Bogen in die Küche. Dann knallte die Türe zu. Tolle Knolle, und nun?
So etwas machte Laura mit mir nur, wenn sie richtig, richtig sauer war.
Ich lauschte an der Tür. Laura entschuldigte sich noch einmal wortreich bei diesem Widerling und Tante Agatha bestand darauf, ihm eine neue Hose zu kaufen.
Oh, Heiliger Mopsklops, ich war fällig. Ich war ja so was von fällig! Wenn ich Glück hatte, ignorierte sie mich nur ein paar Tage, aber ich rechnete schon damit, einige Nächte allein im Wohnzimmer verbringen zu dürfen.
Doch da nahte Rettung! Bruno! Von dem ganzen Geschrei und Getöse wach geworden, schoss er, so schnell seine morschen Knochen es zu ließen auf Schultze los und schaffte es tatsächlich, sich mit seinen restlichen paar alterschwachen Zähnen in seiner Hose festzubeißen. Und wie er fluchte dabei. Es war göttlich. Ich konnte zwar nur durch die Scheiben in der Tür

gucken, aber das reichte schon. Egal, wie sehr Tantchen an ihm zerrte, der alte Kerl ließ einfach nicht los. Heiliger Mopsklops, hoffentlich passierte ihm nichts vor lauter Aufregung, immerhin war er ja schon 16 Jahre alt!

„Hach Gott, Bruno! Was machst du denn? Lass aus, Bruno, lass aus." Agatha schnappte ihn an den Hinterbeinen und zog den armen Bruno lang wie einen Kaugummi, weil er ja im Traum nicht dran dachte, das Hosenbein los zu lassen. Jetzt wusste ich auch, warum Dackel oft als Würstchen auf vier Beinen bezeichnet werden. Mit seiner braunen Fellfarbe und der Länge hatte er tatsächlich Ähnlichkeit mit einem Wienerwürstchen.

Aber mein Respekt vor diesem uralten, mottenzerfressenen, stinkenden Dackel stieg von Sekunde zu Sekunde. Wenn ich in diesem Alter noch so fit bin, kann ich mich glücklich schätzen.

Endlich hatten Laura und Agatha Bruno mit vereinten Kräften von Schultzes Hosenbein gepflückt und Agathe hielt den sich windenden, geifernden Dackel am Nackenfell fest.

Schultze nutze die Gelegenheit, um sich schleunigst zu verabschieden, diesmal ohne seinen üblichen Schmus. Wahrscheinlich hatte er Angst, dass Bruno sich noch einmal losreißen könnte.

„Was ist denn mit den beiden heute los?" Laura schüttelte den Kopf. „War was im Fressen?" Sie öffnete die Küchentür und ließ mich hinaus. Gutes Zeichen, ein gutes Zeichen!

„Dass Max mal rumspinnt, könnte ich mir ja noch vorstellen, aber beide? Und dann noch Bruno?“ Laura schaute fassungslos auf Bruno, der mittlerweile wie ein nasser Lappen in Agathas Arm lag und schnarchte, dass die Wände wackelten. „Bruno hat Herrn Schultze schon mal gebissen, ich versteh das gar nicht, er ist doch so ein netter Mann!“ Tantchen seufzte völlig verzweifelt.
„Na, ich weiß nicht Agatha, Hunde haben meist eine super Antenne, was Menschen angeht. Wer weiß, warum sie so reagieren.“ Laura runzelte die Stirn.“ Sag mal, warum kommt der eigentlich so oft?“
Agatha legte Bruno in seinen Sessel und ließ sich erschöpft von der ganzen Aufregung aufs Sofa fallen.
„Ach, Herr Schultze ist ein Kunstliebhaber, das habe ich dir ja schon erzählt. Und er hofft immer noch darauf, dass ich ihm mein Lieblingsbild verkaufe. Er meint, dass es völlig wertlos ist, aber er hat sich sofort darin verliebt! Er bietet mir einen wirklich guten Preis. 150 Euro möchte er für dafür zahlen.“
Tantchen wälzte sich ächzend vom Sofa und lief ins Schlafzimmer. „Ich habe dir das Bild noch gar nicht gezeigt, warte mal, meine Liebe, ich hole es schnell.“
Kurz darauf kam sie mit einem kleinen Bild in einem ziemlich geschmacklosen Rahmen wieder und legte es Laura auf den Schoss. Der frei war, weil ich nicht rauf durfte. Ein bisschen sauer war Laura wohl doch auf mich.
Laura schaute sich das Bild genau an, drehte und wendete es, hielt es ins Licht und runzelte plötzlich die Stirn. Nachdenklich schaute sie Agathchen an.

„Du Tantchen, ich bin mir gar nicht so sicher, dass das Bild nichts wert ist. Schau dir mal die Signatur an... mein Gott, das könnte.....“ Laura wurde kreidebleich.
„Was ist denn Kindchen?“ Agatha fasste sie am Arm.
„Tantchen, wenn es das ist, für was ich es halte, dann liegt hier ein Vermögen vor uns. Aber ich möchte jetzt niemanden verrückt machen das muss sich ein Fachmann anschauen!“ Agatha schlug die Hände vor den Mund.
„Meinst du wirklich Kindchen? Kennst du denn jemanden?“
„Wir haben doch oft Gutachter in unserem Antiquitätengeschäft. Ich denke da jetzt an Herrn Neumann, der ist Spezialist für alte Gemälde. Der kann uns mit Sicherheit weiterhelfen. Wenn es dir nichts ausmacht, Agatha, nehme ich das Bild mit und zeige es ihm. Was meinst du?“
„Natürlich Kindchen, ich vertraue dir da ganz. Lass es uns gleich mal verpacken. Dann kannst du es gleich mitnehmen.“

Vorsichtig wickelten die zwei das kleine Bild in Folie, dann in eine Decke und zum Schluss noch in Papier. So wie die beiden sich anstellten, meinte man gerade, sie hätten einen Van Goghel entdeckt, oder wie der Kerl hieß, der diese superteuren, nicht so ganz meinem Geschmack entsprechenden alten Schinken gemalt hatte, von denen Laura immer so schwärmte. Aber was verstehe ich schon von echter Kunst, ich bin ja nur ein Mops!

Das Bild wurde übervorsichtig ins Auto verfrachtet, ich wurde recht lieblos ins Auto verfrachtet und dann

fuhren wir mit unserer vielleicht sehr wertvollen Fracht nach Hause.
Einen Vorteil hatte der ganze Rummel um dieses Bild für mich allerdings: Mein Benehmen dem Schultze gegenüber war so gut wie vergessen!

# 14.

Nachmittags erzählte ich Cash und Oskar von meinen Erlebnissen, besonders hellhörig wurden sie bei der Sache mit Agatha's Bild. „Pass auf Max, der Typ wollte sie übers Ohr hauen. Der weiß, dass es etwas wert ist, wollen wir wetten? Wenn Laura schon drauf kommt und sie hat erst seit kurzem mit richtig guten Antiquitäten zu tun, dann weiß der das erst Recht!“ Oskar schaute mich eindringlich an. „Gut, dass Laura es mitgenommen hat.“
„Ja, sonst hätte er es vielleicht doch noch geschafft, es Tantchen abzuschwatzen.“ Cash schüttelte sich. „Und Max, ist Laura denn noch sauer auf dich?“
„Nein, geht schon. Ich durfte sogar auf dem Sofa mit ihr schmusen. Lange ist sie mir und Daisy aber eh nie böse.“
„Wisst ihr eigentlich, wie gut ihr es habt mit euren Menschen?“ Oskar leckte sich über eine besonders lange Narbe am Vorderbein. „Manche Hunde haben es leider nicht so gut getroffen.“ Er schwieg einen Moment. „Mein Herr bekam mich als Welpe geschenkt. Eigentlich wollte er immer einen großen, stattlichen Hund.“ Oskar starrte auf den Boden und ich musste heftig schlucken. Noch nie hatte ich so viel Schmerz und Trauer in den Augen eines Hundes gesehen. Auch Cash und Daisy schwiegen betroffen.
„Anfangs war ich sein absoluter Liebling. Er verwöhnte mich nach Strich und Faden, schmuste und kuschelte mit mir, ich war so glücklich mit ihm. Ich hätte alles für

meinen Herrn gegeben. Aber dann wurde ich älter und kräftiger und er begann mit mir zu trainieren. Ich wurde an einem Laufband fest gebunden und musste Stunden über Stunden laufen. Für die Kondition meinte er. Dann kam das Kampftraining. Es machte zuerst sogar Spaß in einen Strick zu beißen, zu zerren, ich durfte sogar Katzen und Hasen jagen. Alles nur ganz spielerisch. Doch plötzlich änderte er sein Verhalten, befahl mir, mich draußen mit Artgenossen zu beißen. Aber das wollte ich nicht, ich wollte lieber spielen. Er schlug mich, immer und immer wieder, aber ich blieb standhaft. Eines Tages brachte er einen Freund mit nach Hause und mit ihm dessen großen Pitbullrüden Ricco. Und hetzte ihn auf mich! Es blieb mir nichts anderes übrig, als mich nach besten Kräften zu wehren, Ricco hätte mich sonst ohne auch nur mit der Rute zu zucken umgebracht. Aber ich hatte trotzdem keine Chance. Schwerverletzt schleppte ich mich mit letzter Kraft in eine Ecke unserer Wohnung und versteckte mich zwischen alten Kartons und Müll, der dort lagerte. Ricco wollte nachsetzen, aber mein Herr hielt ihn zurück. Für mich hatte er nur Schimpfwörter und einen Tritt in die Rippen übrig. Ich weiß nicht, wie lange ich dort gelegen habe, mit furchtbaren Schmerzen und versuchte so gut es ging meine Wunden zu reinigen. Mein Herr kam nicht ein einziges Mal, um nach mir zu schauen, es war ihm völlig egal. Doch ich schaffte es, kam wieder auf die Beine. Und ich dummer Hund, was tat ich? Anstatt ihn zu meiden, ihn von mir fern zu halten, schlich ich zu ihm zurück. Ich liebte ihn immer noch, diesen Dreckskerl! Aber er schlug mich weiter, hatte kein nettes Wort mehr für mich, Futter und Wasser gab es nur noch, wenn er mal dran dachte. Was selten einmal vorkam. Eines Tages, als ich über den Hof unseres alten verkommenen Hauses lief, stand das Tor etwas offen... und ich rannte so schnell ich konnte davon. Ich dachte nicht darüber nach, ich rannte und rannte, bis ich fast zusammen brach." Oskar schaute uns an, aber wir brachten immer noch keinen Ton heraus. Mein Gott, was hatte dieser Hund durchgemacht. Kein Wunder, dass er keinem Menschen mehr vertraute.

„Zwei Jahre ist das jetzt her, seitdem gehe ich allen Menschen aus dem Weg." Er seufzte. „Aber wisst ihr was? Wenn ich euch mit euren Menschen sehe, höre, wie viel Spaß ihr miteinander habt und wie sehr ihr euch mögt... es ist doch ganz schön einsam da auf der Strasse. Scheinbar sind nicht alle Menschen schlecht. So wie Klammi... er gibt sich soviel Mühe mit mir, immer steht tolles Futter und frisches Wasser bereit und die Hütte, die er da aufgestellt hat, ist wirklich prima. Ich hab sie heimlich schon mal ausprobiert. So einen Freund wie Klammi hätte ich schon gerne..... nur..... was ist, wenn er mich irgendwann auch leid ist und mich nicht mehr mag? Oder wenn er mich irgendwann nicht schön genug findet? Schaut doch wie ich aussehe. Was dann?" Betrübt ließ er den Kopf hängen.

Daisy kuschelte sich ganz fest an ihn. „Oskar, Klammis Hund Rufus wurde 13 Jahre alt. Klammi hat ihn als Baby von einem Bauernhof geholt. Rufus war mit Abstand der hässlichste Mischling, den ich je gesehen habe. Aber die beiden haben sich geliebt. Dieser Hund hatte den Himmel auf Erden. Und als sein Rufus gehen

musste, hat Klammi tagelang geweint. Ich habe es selbst gesehen. So etwas würde er dir nie antun, glaube mir! Versuch es doch einfach mal mit ihm, wenn es nicht klappt, kannst du doch wieder gehen. Vertrau ihm. Denk mal drüber nach, ja?"
Oskar schniefte. „Ja, ok, mach ich. Und nun schaut nicht wie sieben Tage Regenwetter, ihr Trauertüten, ich komm schon klar. Los, kommt, lasst uns noch was unternehmen. Ich wäre für einen Stadtgang, und ihr?"

# 15.

Am nächsten Tag fuhr ich mit Laura zur Arbeit, wollte ich doch auch wissen, was Herr Kremer zu Agatha's Bild zu sagen hatte. Wertvoll oder nicht? Laura war so aufgeregt, dass sie gleich mit dem Bild in das Büro von Herrn Kremer rannte. Ich flitzte hinterher, obwohl zwei meiner Stammkunden im Geschäft waren, die ich sonst immer freudig begrüßte, aber das konnte ich mir nicht entgehen lassen. Heiliger Mopsklops hatte diese Frau ein Tempo drauf, ich schaffte es gerade noch durch die Tür, bevor sie sie zuknallte.
„Herr Kremer, schauen Sie doch bitte mal. Das Bild hier gehört Frau Hubertus, sie hat es von ihrer Großmutter bekommen. Schauen Sie doch bitte mal auf die Signatur... ich habe da einen Verdacht, aber bitte, was meinen Sie?" Vor lauter Hektik bekam Laura knallrote, kreisrunde Flecken im Gesicht. Sie sah aus wie ich, wenn mich die Ameisen im Garten wieder erwischt hatten. Davon bekomme ich immer furchtbaren Ausschlag.
Ich war unterdessen auf den Schreibtisch gekrabbelt, um mir dieses Bild mal genauer anzusehen. So, das war also das berühmte Bild. Aha! So, so! Jaaaaaaaa.... ähem... ok! Das Ding sah aus, als ob Bijous Babys mit bunten Pfoten drüber gewetzt wären! In der Mitte der verwaschene Fleck, nun gut, das könnte von einer Rute stammen. Immerhin: schön bunt! Nur gut, dass wir Hunde Farben etwas anders wahrnehmen als Menschen,

sonst wäre das knallige Ding nicht zum aushalten gewesen.
Herr Kremer setzte sich seine Brille auf die Nase und betrachtete das Bild von allen Seiten. Nun bekam auch Herr Kremer diese komischen Flecken im Gesicht. Na hoffentlich waren diese Dinger nicht ansteckend. „Laura, ich möchte mich nicht festlegen, aber wenn wir beide Recht haben... ich rufe Herrn Neumann an, er soll so schnell wie möglich kommen." Herr Kremer schob die Brille auf die Stirn und griff nach dem Telefon. Na toll. Hätte, könnte, täten, tuten, warum sagten sie denn nicht einfach, dass sie keine Ahnung hatten? Und dafür verzichtete ich auf die leckeren Kekse meiner Stammkundschaft? Pah! Ich hüpfte vom Schreibtisch und kratzte an der Türe, damit Laura mich hinaus ließ. Interessant wurde es eh erst, wenn dieser Herr Neumann kam, so lange konnte ich mich noch meiner Kundschaft widmen. Und mich ordentlich verwöhnen lassen.
Ich schlurfte also so durch die Gänge des Ladens, völlig in Gedanken versunken, als ich urplötzlich mit der Schnauze gegen irgendetwas Hartes rammte. Verdutzt schaute ich hoch, eigentlich dürfte in den Gängen nichts herum stehen, und schaute genau auf etwas langes Felliges. Was war das denn, zum Kuckuck, was hatte Herr Kremer denn da gekauft? Sah irgendwie aus wie ein... ellenlanges Hundebein? Ich schaute hoch... höher... noch höher, und da endlich, ganz weit oben über meinem Kopf, fast an der Ladendecke, na ja, fast, schwebte eine riesige Schnauze mit strahlendweißen, riesigen Zähnen!

Heiliger Mopsklops! Ein Dinosaurier! Ein Hund konnte das ja unmöglich sein, so groß ist doch kein Hund? Bevor ich überhaupt einen Gedanken fassen konnte, überhaupt über Flucht nachdenken konnte, schnappte mich die riesige, struppige Schnauze im Genick, drückte mich nach unten und schon war ich unter Tonnen von rauem Fell begraben.
„Annika, aus! Gehst du von dem Hundchen runter!“ Eine Frauenstimme schrie quer durch den Laden. Annika? Das war ein Mädchen? Ich strampelte so gut ich konnte, bekam ich doch kaum noch Luft unter diesem gigantischen Bettvorleger. Jetzt fing die auch noch an, mich von oben bis unten abzulecken, pfui Teufel, die hatte ne Zunge so lang und nass wie ein Putzlappen.
„Göscht dö bödde möl vön mör rönter? Ösch kröge köne Löft möhr!“ Ich strampelte wieder. Annika hörte einen Moment auf, mich abzulecken und nahm ein Bein von meinem Gesicht. „Was hast du gesagt?“ Ich drehte meinen Kopf auf die andere Seite, spuckte ein Maul voll Fell aus und atmete tief ein. „Ich sagte, gehst du mal bitte von mir runter? Ich kriege keine Luft mehr!“ „Oh entschuldige bitte, aber du bist ja zum knuddeln süß!“
Zum knuddeln süß? Hallo? Na, wie ist die denn drauf? Ich bin doch kein Stoffknuddeltierchen für zu groß geratene Schoßhunde. „Sag mal, wer bist du eigentlich, nein, *was* bist du eigentlich? Und lass mich endlich los, du großer Staubwedel!“ Energisch befreite ich mich von Annikas Umarmung und ging sicherheitshalber ein paar Schritte zurück. „Ich bin ein irischer Wolfshund, kennst du keine irischen Wolfshunde?“ „Nee, will ich auch gar

nicht, und bleib mir nur von der Pelle." Aufreizend langsam stand Annika auf, kam auf mich zu und schaute dabei so verzückt aus dem Fell wie ein Karnickel in einer Salatbar. Die wollte doch schon wieder was von mir, heiliger Mopsklops, war die riesig! Die war selbst für Hubert, die Dogge von der Bäckerei ne Nummer zu groß. Und das Weib gab doch keine Ruhe? Also tat ich das, was jeder vernünftige Rüde bei soviel geballter Weiblichkeit tun würde: ich gab Fersengeld, kroch unter einen alten Eichenschrank und brüllte um Hilfe!
Laura und Herr Kremer, angelockt durch den Heidenkrach, den wir veranstalteten, blieben im Gang wie angewurzelt stehen und starrten mit offenen Mündern auf die Szene, die sich ihnen da bot. Annikas Frauchen zerrte wie wild an ihrem Halsband, um sie von dem Schrank weg zu ziehen, vor dem sie lag, mit ihren langen Beinen darunter herum stocherte und dabei wie blöde abwechselnd kläffte und quietschte. Quietschte deshalb, weil ich, *unter* dem Schrank, ihr jedes Mal in die Pfote biss, wenn sie mir zu nahe kam und dabei furchtbar schimpfte und grollte.
Nach ein paar Minuten ohrenbetäubenden Lärms, alle Kunden waren aufgeschreckt zusammen gelaufen, um *ihrem* Liebling, nämlich mir, zu Hilfe zu eilen, gelang es Annikas Frauchen endlich, unter Tränen mit hochrotem Kopf und Tausende von Entschuldigungen vor sich hin murmelnd, sie aus dem Laden zu bugsieren. Annika, mittlerweile ziemlich sauer, weil ich mich nicht zu Tode kuscheln lassen wollte, zerdepperte auf dem Weg nach draußen noch einen kleinen, zierlichen Tisch

samt darauf geparktem Kaffeeservice. Nur gut, dass das Service zwar alt, aber nicht arg teuer war.
Ich blieb vorsorglich da wo ich gerade war: nämlich unter dem Schrank. Alle Versuche von Laura, Herrn Kremer und meinen Lieblingskunden mich hervor zu locken, scheiterten kläglich. Ich war ja schließlich nicht ganz blöde, nachher tauchte dieses verrückte Weibsbild wieder auf! Nein, nein, so unbequem war es nicht unter dem Schrank, zur Not konnte ich es hier tagelang aushalten, zumal mir immer wieder jemand Leckerchen zuschob. Verhungern würde ich also auch nicht! Ab und zu linste ich mal unter dem Schrank hervor, um zu sehen, ob dieser Neumann aufgetaucht war, aber die meiste Zeit hielt ich gemütlich zusammen gerollt meinen Schönheitsschlaf. Und ich beschloss die nächsten Tage blau zu machen. Bild hin oder her, so wichtig war es mir dann doch nicht, das ich Leben und Gesundheit aufs Spiel setzte....
Irische Wolfshunde, heiliger Mopsklops, die brauchte ja kein Mensch... ähh... Mops!

# 16.

An den Tagen, die Max mit Laura zu Arbeit fuhr, Daisy ihre Zeit mit Mäuse jagen verbrachte und Cash seinen Freund Fritz mit Lauftraining quälte, war es für mich ziemlich langweilig.
Komisch, bevor ich diese verrückten Plattschnuten kennen gelernt hatte, konnte ich mich immer alleine beschäftigen, aber jetzt fehlten sie mir an allen Ecken und Kanten. Gerade nachts, wenn ich in meiner verrotteten Gartenlaube lag, fühlte ich mich einsam. Ich lag da und grübelte, wie schön es doch wäre, auch ein Zuhause zu haben, wo man mich lieb hat. Und tagsüber erwischte ich mich immer öfter dabei, wie ich um Klammis Geschäft schlich und darauf hoffte, dass ich ihn wenigstens mal kurz sah. Scheinbar hielt Klammi auch nach mir Ausschau, denn sobald er nur einen Zipfel meines halben Ohres entdeckte, kam er mit einem riesigen Napf voller frischer Fleischbrocken aus seinem Laden geschossen und stellte ihn mir auf den Hof neben diese tolle Hundehütte, die er vor kurzen dort aufgebaut hatte. Dann setzte er sich immer in einiger Entfernung zu mir auf den Boden, schaute mir beim fressen zu und erzählte mir Geschichten. Anfangs war es mir wirklich unangenehm, die Nähe dieses Menschen, aber nach ein paar Tagen wurde ich ruhiger. Ich mochte seine Stimme, freundlich, sanft, einfach nur... ja... nett! Und ich mochte seine Augen, sie schauten mich immer gütig und ehrlich an.

Eines Tages, ich hatte gerade einen großen Napf Fleisch gefressen und lag gemütlich in der Sonne, kam Klammi mit einem schönen Fleischknochen langsam auf mich zu. Er sprach beruhigend auf mich ein und plötzlich streckte er seine Hand nach mir aus. Im ersten Moment erschrak ich und knurrte, doch das schreckte Klammi nicht ab. Leise auf mich einredend, kam er immer näher, streichelte mir schließlich sanft über den Kopf. „Guter Junge“, flüsterte er dabei, „du bist so ein feiner Junge!“ Eigentlich hätte ich nun schnappen müssen, wie immer, wenn sich mir ein Mensch so näherte, aber irgendwie fürchtete ich mich diesmal nicht, im Gegenteil, wenn ich ehrlich sein soll, es gefiel mir sogar. Und ich beschloss, noch einmal in meinem Leben einem Menschen zu vertrauen.
Meinen Freunden erzählte ich davon lieber noch nichts, das wagte ich mich noch nicht. Was, wenn es schief ging? Sie wünschten sich so sehr ein gutes Heim für mich und ich wollte sie nicht enttäuschen.

Von diesem Moment an kamen Klammi und ich uns immer näher. Ich gestattete es, dass er sich mir näherte und mich streichelte und ich genoss diese Streicheleinheiten. Irgendwann öffnete er die Haustüre zu seiner Wohnung, die hinten auf den Hof hinausging und forderte mich auf, hinein zu kommen. Draußen auf dem Hof, da hatte ich meine Ängste überwunden, aber in diese Wohnung gehen? Ich schaffte es nicht, ich brachte nicht eine Pfote über die Türschwelle, was, wenn er mich einfach nur einsperren wollte? Doch Klammi ließ die Türe einfach offen stehen, ging zurück in seinen Laden und kümmerte sich nicht mehr um

mich. Da saß ich nun, bibberte wie ein kleiner Welpe, war hin und her gerissen zwischen Neugierde, wie die Wohnung wohl aussah und roch und meiner Angst, mich wieder einem Menschen anzuvertrauen. Es dauerte eine Weile, doch dann nahm ich all meinen Bulldoggenmut zusammen und schlich geduckt hinein. Als erstes betrat ich einen Raum, in dem es richtig lecker nach Essen roch. Die Menschen nennen ihn Küche. Es war ein heller, sonniger Raum und in einer Ecke standen zwei nagelneue, glänzende Futternäpfe. Direkt neben dem Tisch und einer kleinen Sitzbank lag ein dickes, kuscheliges Kissen. Vorsichtig schaute ich mich um, ob ich auch wirklich alleine war und setzte mich darauf. War das schön. Und so weich... so gut für meine geschundenen Knochen. Ob Klammi das alles für mich bereit gelegt hatte?
Nun wollte ich aber auch wissen, wie der Rest der Wohnung aussah. Ich tapste von Zimmer zu Zimmer und in jedem Raum erwartete mich eine neue Überraschung. Ein Korb voller Hundespielzeug, große bequeme Schlafkörbe waren überall verteilt, aber die schönste Überraschung fand ich im Wohnzimmer. Auf einem großen Sofa lag ein großes Fell, nach dem Geruch zu urteilen war das wohl ein Schaffell und darauf der größte Kauknochen, den ich je gesehen hatte. Ich krabbelte vorsichtig auf das Sofa, kuschelte mich auf das Fell und begann, an dem Knochen herum zu kauen. Der war vielleicht lecker!
Ich muss eingeschlafen sein, denn plötzlich schreckte ich durch eine Bewegung neben mir hoch. Klammi saß neben mir, strahlte über das ganze Gesicht und

streichelte mir liebevoll den Rücken. „Nun bist zu Hause, meine Junge“, flüsterte er und kraulte meine Ohren, „nun bist du Zuhause! Wir schaffen das schon, wir zwei! Und keiner wird dir mehr wehtun, dafür sorge ich!“

Ich schaute in Klammi’s Augen. Dann rückte ich näher an ihn heran, legte meinen Kopf auf seinen Schoß und schlief das erste Mal seit Jahren glücklich und zufrieden ein.

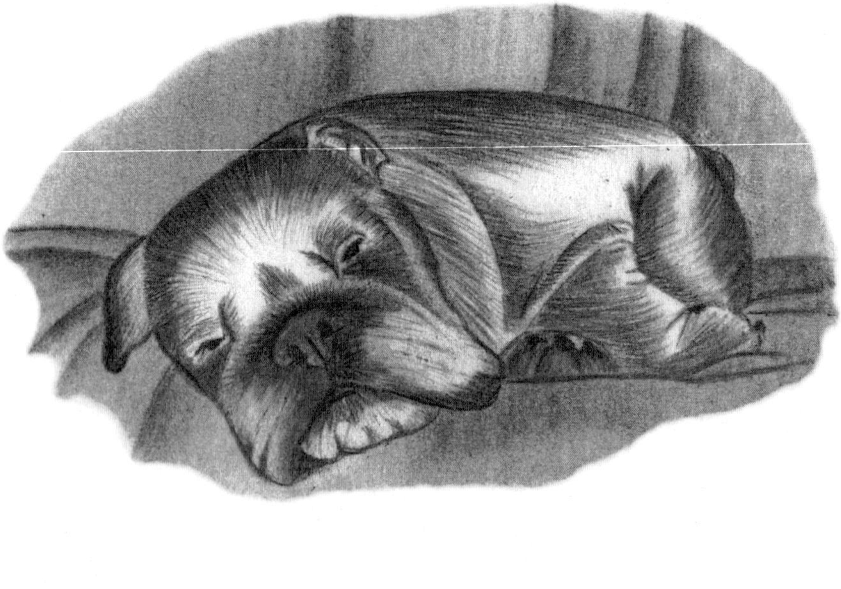

# 17.

Wenn wir nicht gerade auf Einbrecherjagd waren, uns bei Klammi den Bauch mit Grillhähnchen voll stopften, oder ich den Tag mit Arbeit verplemperte, nun gut, das musste ja auch sein, irgendwoher musste das Geld fürs Essen ja kommen, zogen wir durch die Gegend und stellten allerlei Unsinn an. Besonders Cash kam da manchmal auf die blödesten Ideen!
Direkt hinter unseren Häusern gibt es viele Wiesen, Wald, den See und natürlich auch die eine oder andere Weide.
Auf einer dieser Weiden graste häufig eine Herde Schafe. Und zwei Ziegen. Garstige Biester, mit riesigen Hörnern.
Wir kamen eigentlich oft an den Stinkeziegen vorbei, aber bisher hatte Cash nie Interesse an ihnen gezeigt. Ich weiß nicht, was für ein Floh ihn an diesem besonderen Tag gebissen hatte, denn aus heiterem Himmel fing er an, die doofen Viecher zu ärgern.
Die Weide war mit so einem komischen Plastikzaun eingezäunt, so eine Art Netz, das von ein paar dünnen Stangen gehalten wurde. Nun ist das kein normaler Zaun, nein beileibe nicht, bei einem Spaziergang mit Laura war ich dem Ding mit dem Po mal zu nahe gekommen und musste auf ziemlich schmerzhafte Art feststellen, dass es sich um einen Elektroweidezaun handelte. Hui, das zwackte schon ordentlich, selbst wenn man ihn nur kurz berührte. Cash wusste das nicht

oder es schien ihn nicht zu interessieren. Kaum hatte er die Ziegen gesehen, fing er an, wie ein geölter Blitz am Zaun hoch und runter zu rasen. Dann blieb er stehen, ging vorne in die Knie, streckte den Po in Luft, kläffte einmal und biss in die Maschen. Und rannte wieder los. „Ähhh Cash?“ „Lass mich, keine Zeit, los bewegt euch, ihr komischen Viecher!“ „Ähhhh Cash? Du solltest da lieber nicht rein beißen.“ Cash stoppte eine Sekunde. „Warum? Meinst du, die Ziegenviecher schnappen nach mir? Hähää.“
Und schon rannte er wieder wie tollwütiger Dackel am Zaun hoch und wieder runter, blieb kurz stehen, schnappte in den Zaun, flitzte wieder los.......
Ok, also entweder war der Elektrozaun kaputt oder..... ?
Daisy und Oskar setzten sich neben mich und schauten Cash zu, wie er lachend und schimpfend die armen Schafe so langsam in den Wahnsinn trieb. Nur die Ziegen standen ruhig am Zaun und grinsten breit. Oskar kratzte sich ungläubig am Ohr. „ Hat der Hund einen Knall? Was macht der denn da?“
„Max, hast du ihm nicht erzählt, das er lieber nicht da hinein beißen sollte und warum?“ Daisy schaute mich fragend an. „Ich wollte, aber er lässt mich ja nicht ausreden.“
Da saßen wir also, sahen Cash zu und bei jedem Schnapper in den Zaun hielten wir vor Schreck die Luft an. Jeden Moment konnte es soweit sein.....
Plötzlich ein ohrenbetäubender Schrei! Und obwohl wir alle drei ja damit gerechnet hatten, erschraken wir so, dass wir fast einen Meter hoch in die Luft hüpften. Volltreffer!

Genau in der Sekunde, als Cash in den Zaun schnappte, hatte ihn der elektrische Schlag getroffen!
Völlig verwirrt kam er zu uns gestolpert. Aber wie sah er aus! Zitternd wie Espenlaub, das Fell stand ihm in Büscheln vom Körper ab und die Zunge hing ihn seitlich aus der Schnauze. Heiliger Mopsklops, nun tat er mir ja doch ein bisschen leid. „Cash, geht es dir gut, bist du ok?“
Cash hockte vor uns wie ein Häufchen Elend. Er japste und seine Nase lief. „Fo ein Miftvieh hat mich in die Funge gebiffen! Mann ey, daf tut echt weh!“ Daisy, Oskar und ich starrten ihn verständnislos an. „Was ist los? Ich versteh kein Wort!“ Oskar schnaubte wie ein Pferd.
„Funge, die hat mich in die Funge gebiffen!“ Cash deutete auf die beiden Ziegen, die brüllend vor Lachen auf der Weide standen.
„Aaaach soooo“, Daisy amüsierte sich köstlich, „dich hat niemand in die Zunge gebissen, du hast eine gewischt bekommen! Das ist ein Elektrozaun du Dussel, da ist Strom drauf. Die Menschen benutzen die, damit sie keine festen Zäune bauen müssen und sie schnell die Weiden wechseln können. Max wollte es dir ja erzählen, aber du hast ja nicht zugehört.“
Cash nuschelte irgendetwas völlig unverständliches, schüttelte sich angewidert und schlich mit hängenden Schlappohren Richtung Heimat.
Wir liefen grinsend hinterher, krampfhaft darauf bedacht, uns nicht anzuschauen, weil wir sonst vor Lachen zusammen gebrochen wären. Es war ein Bild für die Götter: hechelnd, die Zunge schleifte fast auf

dem Boden, schlappte Cash wütend vor sich hin brummelnd vor uns her.
Ein Glück für Cash, dass er eine recht gute Kondition hat. Er erholte sich recht schnell, bis wir Zuhause ankamen, konnte er sogar die Zunge wieder in die Schnauze nehmen. Ein bisschen taub war sie wohl noch, denn man verstand kaum ein Wort von dem, was er vor sich hin grummelte. Saufen ging anfangs auch noch nicht so gut, das meiste von dem Wasser, dass er umständlich in seine Schnauze hinein beförderte, lief wie ein Wasserfall links und rechts aus den Lefzen wieder heraus. Was ihn noch wütender machte, denn Daisy konnte sich schließlich ein Kichern nicht mehr verkneifen.
Aber das legte sich im Laufe des Tages und am Abend war er wieder ganz der Alte. Bekloppt wie immer!
Die Menschen haben da ein schönes Sprichwort: „Übermut tut selten gut“. Auch einem durchgeknallten Boxer nicht.
Gelernt hat Cash nicht viel aus seinem kleinen „Unfall“, außer vielleicht, sich einen Zaun mal näher anzuschauen, bevor man hinein beißt.

Blödsinnige Ideen hat er immer noch. Aber, genau das mochte ich so an ihm. Mit Cash wurde es nie langweilig!

# 18.

Wir waren gerade in der Küche, um das Frühstück zu machen, ich wollte heute doch einmal wieder mit auf die Arbeit, als das Telefon klingelte. Nanu, wer rief denn um diese Uhrzeit an? Laura nahm den Hörer ab und meldete sich. „ Ja Hallo?“ Pause. „Wer ist da?“ Wieder eine Pause, jetzt wurde ich aber neugierig. Ich ging näher heran, um besser hören zu können. „Was?“ Laura schrie auf, schwankte und klammerte sich am Tisch fest. Heiliger Mopsklops, was war da denn los? „Oh mein Gott, wo ist sie? Geht es ihr gut? Ich komme sofort!“ Plötzlich fing sie an zu weinen. Ich rannte geschockt zu ihr und drückte mich ganz fest an ihre Beine. Auch Daisy kam ganz besorgt herbei geeilt. „Daisy, Max, der Einbrecher...“, schluchzte Laura, „Er ist gestern abend bei Agatha eingebrochen. Sie war natürlich zu Hause, sie kann ja mit ihrer Hüfte nicht so gut alleine weg. Er hat sie die Treppe hinunter gestoßen, sie liegt schwerverletzt im Krankenhaus.
Ich fahre sofort hin, oh mein Gott, unsere liebe Agatha.“ Mir wurde es eiskalt ums Herz. Nicht Tantchen! Das durfte nicht sein. Dieser Dreckskerl. Weil er seit einigen Wochen nicht mehr in Erscheinung getreten war, war er fast in Vergessenheit geraten. Und nun das! „Daisy, halt hier die Stellung, ich fahre mit!“ „Max, sie wird dich nicht mitnehmen!“ Daisy schüttelte den Kopf. „Das werden wir ja sehen...“ meinte ich nur.

Ich flitzte zur Eingangstüre und wartete auf Laura. Natürlich würde ich mit ins Krankenhaus fahren, ich musste mich persönlich überzeugen, wie es Agatha ging. „Nein, Max, du kannst nicht mit. In Krankenhäusern sind keine Tiere erlaubt. Bleib!“ Genau das tat ich, ich blieb, genau vor der Türe. „Max, geh! Du kannst nicht mit!“ Richtig, das würde ich machen, gehen. Um genau zu sein mitgehen! Laura versuchte mit allen Mitteln, mich von der Tür weg zu bekommen, aber mittlerweile nach über zwei Jahren müsste sie eigentlich wissen: was ein Mops nicht will, will er nicht! Und was er sich in den Kopf gesetzt hat, das setzt er durch! Ein Boxer und eine Bulldogge übrigens auch, Cash und Oskar sind fast noch schlimmer als ich.

Also blieb ihr nicht anderes übrig, als ihre große Tasche zu holen, mich da hinein zu verfrachten und mich so mit ins Krankenhaus zu schmuggeln. In einer Tasche herum geschleppt zu werden, die auch noch fast komplett geschlossen war, fand ich eigentlich nicht so witzig, aber der Zweck heiligt die Mittel. So saß ich ruhig und brav in meiner Tasche, ließ mich herum wirbeln und durchschütteln. Hauptsache, ich konnte zu Tante Agatha.

Als Laura die Tasche endlich absetzte und öffnete, war ich mehr als froh, durch die ganze Rüttelei wurde es einem ja speiend übel.

Ich hopste aus der Tasche, sah mich um, und bekam einen großen Schreck! Da lag sie, leise vor sich hin stöhnend, die Augen fest geschlossen. Wie sah sie nur aus, mein armes, liebes Tantchen. Ganz klein und dünn wirkte sie in dem großen weißen Bett, kreidebleich, mit dunklen Schatten unter den Augen und einem riesigen Verband um den Kopf. Überall waren komische Drähte und Schläuche an ihr festgemacht und eine Maschine am Kopfende des Bettes piepste ununterbrochen. Heiliger Mopsklops, so schlimm hatte ich es mir aber nicht vorgestellt! Laura stand neben dem Bett und weinte. Ganz vorsichtig schlich ich mich näher an Agatha ran, immer darauf bedacht, nicht auf sie drauf zu treten, sie hatte bestimmt schon genug Schmerzen, auch ohne dass ein Mops noch auf ihr herum trampelte. Sacht leckte ich ihr über die runzelige Wange. Nach einer Weile schlug sie langsam die Augen auf, aber es dauerte noch eine Zeit, bis sie uns erkannte. „Ach mein Max, Laura...“, flüsterte sie. Tränen liefen ihr die Wange herunter. „Es tut so weh! Wie geht es meinem Bruno, was ist mit Bruno? Ich bin so stolz auf ihn, meinen mutigen Freund!“ Bruno? Um Himmels Willen, was hatte Bruno damit zu tun? Der hatte doch nicht....... nein. Oder doch? Ich schaute Laura an, die musste es doch wissen. Laura beugte sich über Agatha und streichelte ihr über die Hand. „Mach dir keine Sorgen, Bruno ist bei Dr. Welker, unserem Tierarzt. Er kümmert sich um ihn, ein paar kleinere Wunden hat er, aber nichts Schlimmes. Wenn es ihm gut geht, kommt er zu uns nach Hause, bis du wieder gesund bist. Mein Gott Agatha, wie ist das denn passiert?“ Agatha schluchzte. “Ich weiß nicht, Laura Liebes... Bruno weckte mich plötzlich mitten in der Nacht. Er stand laut bellend und knurrend vor der Schlafzimmertür. Das hat er noch nie gemacht, jedenfalls nicht in der letzten Zeit. Als ich auf den Flur ging, um nachzuschauen, was meinen Bruno denn so aufregt, stand auf einmal dieser Kerl vor mir. Er brüllte immer wieder:“ Wo ist es, wo ist das verdammte Bild?“ Ich wusste gar nicht wovon er redet, ich war so erschrocken und völlig verwirrt, da packte er mich, schlug mir ins Gesicht, und riss mich an den Haaren. In der Sekunde griff mein Bruno ein. Er stürzte sich auf ihn und biss ihm immer wieder in die Beine. Meine Güte, mein kleiner Mann konnte natürlich nicht viel ausrichten, er ist doch schon so alt, aber er hat getan was er konnte um mich zu schützen.“

Wieder liefen ihr die Tränen über die Wange. „Dieser Unmensch schlug und trat nach meinem Bruno und als ich ihm zu Hilfe kommen wollte, schleuderte er uns beide die Treppe hinunter. Ich muss wohl ohnmächtig geworden sein, denn ich wachte erst hier im Krankenhaus wieder auf. Und keiner konnte mir genaues über meinen Bruno sagen, nur dass er beim Tierarzt ist. Gehst du bitte bei ihm vorbei und schaust nach ihm Liebes? Ich habe sonst keine Ruhe und er fürchtet sich bestimmt!“ Erschöpft schloss sie die Augen. Bruno und sich fürchten? Na, nachdem was ich mit diesem alten Kerl erlebt und was ich nun gehört hatte, fürchtete sich dieser alte Stinkstiefel vor gar nichts!

Laura versprach ihr, sofort zu Dr. Welker zu fahren, und Agatha schlief beruhigt ein. Ich küsste sie noch einmal sanft auf die Wange und krabbelte dann wieder in die Tasche. Tantchen schaffte es, bald war sie wieder auf den Beinen, da war ich mir nun ganz sicher. Diese alte Frau war zäh wie ein Büffelhautknochen, so schnell ließ sie sich nicht unterkriegen!

Nur, was genau hatte der Einbrecher bei ihr gesucht und nicht gefunden? Welches Bild meinte er? Etwa das kleine knallig bunte, das Laura mit ins Geschäft genommen hatte?

Und woher wusste er, dass dieses Bild überhaupt existierte?

# 19.

Logisch, dass wir auf dem Rückweg erst bei Dr. Welker vorbei fuhren. Diesmal musste ich nicht in die blöde Tasche, in dieser Praxis waren Tiere gerne gesehen. Gesund noch lieber als krank, aber das konnte man sich ja leider nicht immer aussuchen.

Ich stiefelte gleich durch in den hinteren Teil der Praxis, wo die kranken Patienten ihre „Zimmer“ hatten, während Laura sich an der Anmeldung mit Dr. Welker über Bruno unterhielt.

Lange musste ich nicht suchen, im zweiten Zimmer, ganz unten in so einem geräumigen „Zwingerkäfigdingen“ lag er, eingerollt in eine Decke. Seine Nase war ganz heiß, das linke Vorderbein war bis oben hin eingegipst und er atmete ziemlich schwer. Das sah nicht gut aus, das sah überhaupt nicht gut aus. Ich stupfte ihn vorsichtig an, aber Bruno reagierte nicht.

Mit einem Mal hockte Laura neben mir und strich mir über den Kopf. „Es sieht nicht gut aus, Max. Bruno ist sehr, sehr krank, Dr. Welker hat nicht viel Hoffnung. Er ist einfach zu alt...... vielleicht wäre es besser, du verabschiedest dich von ihm. Der alte Kerl wird die Nacht wohl nicht überstehen.“ Sie schluchzte laut auf. „Es tut mir so leid, ich weiß gar nicht, wie ich es Agatha beibringen soll! Machs gut, du alter Griesgram, dein Frauchen liebt dich wirklich sehr!“ Dann stand sie auf, streichelte Bruno noch einmal kurz über die Schnauze und ließ mich mit ihm allein.

Bruno würde sterben? Niemals! Bruno doch nicht! Das glaubte ich nicht. Man wird doch nicht so alt und stirbt dann, nur weil man eine Treppe herunter gekullert ist. Das steckt so ein alter Stinkstiefel doch weg. Stinkstiefel werden locker fünfundzwanzig Jahre alt! Mindestens. Nein, der Arzt musste sich irren! Basta!
Ich stupfte ihn noch mal an. Ein bisschen stärker, der Alte schlief doch immer so fest. Im ersten Moment dachte ich, er reagiert wieder nicht, doch da blinzelte Bruno mich an.
„War mir doch klar. Konnte doch nur der nervige Jungspund sein, der mich wach rüttelt." Krächzte er in alter Manier, aber sehr, sehr leise, und sehr schwach. Das war nicht der Bruno, den ich kannte. Ob Dr. Welker doch Recht hatte? Ach Quatsch, er war halt nur ein wenig müde. Bruno schnaufte heftig und versuchte, sich etwas bequemer hinzulegen. Sofort stöhnte er auf. Heiliger Mopsklops, es ging ihm wirklich nicht gut. Ich schob den kleinen Wassernapf, der in der Ecke des Zwingerdingens stand, etwas näher zu ihm ran, vielleicht hatte er ja Durst und es ging ihm besser, wenn er etwas trank? Laura bestand immer darauf, dass ich regelmäßig Wasser soff, wenn ich krank war, ob ich wollte oder nicht. Sie meint, dass man noch kränker wird, wenn man nichts trinkt.
„Trink mal was, Bruno, dann geht's dir besser." Bruno schaute mich mit trüben Augen an. „Lass mal, Jungspund, meine Schnauze tut weh... sag mir lieber, was mit meiner Agatha ist, wo ist sie und wie geht es ihr? Ich konnte sie nicht besser beschützen vor diesem Dreckskerl, am liebsten hätte ich ihn in kleine

Einzelteile zerlegt, aber meine alten morschen Knochen machen nicht mehr mit. Ich bin nutzlos geworden, Jungspund, alt und nutzlos. Es ist meine Schuld, wenn sie verletzt ist!“ Traurig legte er den Kopf zwischen die Pfoten.
„Ja spinnst du denn Bruno? So was will ich nicht hören, kapiert? Wir waren eben gerade bei Agatha, sie wird wieder ganz gesund und das hat sie nur dir zu verdanken. Wer weiß, was noch alles passiert wäre, wenn du nicht eingegriffen hättest. Sie ist so stolz auf dich Bruno und sie macht sich Sorgen um *dich*! Also, sehe zu, dass du wieder auf die Pfoten und nach Hause kommst, Tantchen braucht dich. Wer soll denn sonst auf sie aufpassen?“
„Meinst du wirklich, Jungspund?“ flüsterte er leise. „Hab ich dich schon jemals angelogen, Bruno?“ Doch hatte ich, aber das musste er ja nicht unbedingt wissen. Und in diesem Moment meinte ich jedes Wort so, wie ich es sagte.
„Das ist schön, Jungspund, das tut gut. Ich danke dir, weißt du, eigentlich bist du gar nicht so übel. Tut mir leid, dass ich dich immer so beschimpft habe, kommt nicht mehr vor! Aber jetzt“, langsam fielen ihm die Augen zu, seine Stimme wurde immer leiser, „muss ich schlafen Jungspund. Ich bin so unendlich müde...“
Ich schaute ihm zu, wie sich seine Augen schlossen, er atmete noch einmal tief durch und dann..... Stille.
„Bruno?“ Plötzlich hatte ich einen dicken Kloß im Hals, es fühlte sich an, als ob ich meinen Tennisball verschluckt hätte. „Bruno?“ Minutenlang saß ich neben Bruno, starrte ihn an und versuchte, es zu verstehen.

Das war es? Endete es immer so? Ein letzter Seufzer, und alles war vorbei?
Mit hängendem Kopf lief ich endlich zur Tür, ich wollte nur noch schnell aus diesem Zimmer heraus, hier konnte ich nichts mehr machen. Wie sollte es jetzt weiter gehen? Was wurde aus Agatha ohne ihren Bruno? Ich musste Laura holen, ihr zeigen, was passiert war. An der Tür hielt ich noch einmal kurz an, schaute zurück auf den leblosen kleinen Körper. Und da hörte ich es! Ein lautes, ekelhaftes Schnarchen! Brunos Schnarchen!
Es wurde mir ganz warm im Bauch und mit einem dicken Grinsen im Gesicht rannte, nein hopste ich vor Freude hinaus zu Laura.
Bruno würde sterben? Nicht, wer so schnarchte!
Niemals!

Bevor wir uns endgültig auf den Heimweg machten, fuhren wir noch schnell bei Tante Agathas Haus vorbei, Tantchen brauchte noch einige Sachen für das Krankenhaus, Nachthemden oder was Mensch halt so alles für Klinikaufenthalt für nötig hält und Laura wollte es ihr am nächsten Morgen gleich vorbei bringen.
Wenn wir nun alles erwartet hatten, eine kaputte Türe oder ein zerbrochenes Fenster, das, was wir vorfanden, war unfassbar! Uns traf fast der Schlag! Bilder waren von der Wand gerissen, Vasen und Porzellanfiguren lagen zerschmettert auf dem Boden. Schubladen waren aus den Schränken herausgerissen und der Inhalt über das ganze Haus verstreut. Dieser Kerl hatte ganz eindeutig etwas gesucht und vor lauter Wut, weil er es nicht gefunden hatte, die Wohnung verwüstet.

Laura schüttelte entsetzt den Kopf. „Mein Gott. Nur gut, das Agatha das nicht gesehen hat. Ihre schönen Sachen. Wenigstens ihr Lieblingsbild ist heil geblieben, gut, dass ich es mitgenommen habe. Übrigens Max, es ist nichts wert, Herr Kremer hat es mir vorhin gesagt, als ich mich von der Arbeit abgemeldet habe. Es ist einfach nur ein schönes altes Bild.“ Sie seufzte. „Komm, wir gehen, ich glaube, es ist besser, ich kaufe ihr die nötigen Sachen. Hier finden wir ja nichts mehr. Oh weh, das gibt ein schönes Stück Arbeit, bevor Tantchen hier wieder wohnen kann. Und ich habe keine Ahnung, wie ich ihr *das* erklären soll.“

Traurig verließen wir das Haus. Armes Tantchen, sie liebte ihre Antiquitäten. Das würde ihr das Herz brechen.

# 20.

Als ich Daisy, Cash und Oskar von Tante Agatha und Bruno erzählte, wurde Cash plötzlich stocksauer. „Jetzt reichts“, knurrte er und sprang von dem Liegestuhl auf dem er es sich bequem gemacht hatte, „jetzt hat der Kerl einen riesengroßen Fehler gemacht! Schluss mit lustig! Den schnappen wir uns. Unsere Schnauze- zu-Schnauze Aufklärung bringt scheinbar nicht viel, ich geh los und klappere so viele Tiere wie möglich ab. Irgendwo hat der Dreckskerl sein Versteck, irgendjemand *muss* etwas beobachtet haben. Ihr bleibt hier und übernehmt die Tiere in der direkten Nachbarschaft, ich bin langes laufen gewohnt, ihr haltet mich sonst nur auf!“

Keiner von uns beschwerte sich, wenn Cash so drauf war, war es besser den Mund zu halten. Er konnte dann doch recht schnell einmal recht unhöflich werden.

„Auf geht’s, auf was wartet ihr noch.“ Schimpfte er, setzte mit einem gigantischen Sprung über unseren Gartenzaun und verschwand hinter den Häusern.

*

Es hatte keinen Zweck, meine Freunde mit zu nehmen. Daisy und Max sind einfach zu klein, um in meinem Tempo auf längeren Strecken mit zu halten und Oskar hatte immer noch Probleme mit seinem Vorderlauf. Ich bin es gewohnt, kilometerweit in meinem Trott zu laufen, ohne müde zu werden. Fritz hat sich am Anfang immer lustig über meine „vierte Gangart“ gemacht, er

meinte, ich watschele wie eine Ente, aber es ist einfach energiesparend.
Passgang nennen die Menschen das wohl.
Nachdem ich Fritz einige Tage hintereinander auf meine täglichen Runden mitgenommen hatte, war ihm das Lachen allerdings vergangen. Von wegen: watscheln wie eine Ente! Schade, dass ich nicht mit einer Kamera umgehen kann, sonst hätte ich einige recht nette Beweisfotos, *wer* von uns beiden zum Schluss gewatschelt ist.
Zwar sind Boxer nicht gerade die idealen Laufhunde, zu schwer und muskulös in den meisten Fällen, doch mit ein wenig Training und davon hatte ich durch Fritz ja genug, sind wir durchaus in der Lage weite Wege zu laufen.
Als erstes nahm ich mir die Außenbezirke unserer Stadt vor, genau da, wo dieser Typ seine Einbrüche durchgezogen hatte. Zwar gab es in den Häusern, in die er eingestiegen war keine Tiere, aber in der direkten Nachbarschaft gab es genug Hunde und Katzen. Gut, ok, ich musste mich halt ein wenig beherrschen und bei den Katzen auf „netten Hund“ machen, obwohl ich sie viel lieber gescheucht hätte, aber das hier war wichtiger! Jagen konnte ich später noch, wenn der Einbrecher gefasst war.
Gleich beim ersten Haus traf ich auf ein paar nette Havaneserhündinnen. Hübsch sahen sie aus mit ihrem langen gepflegten Fell und den kleinen Schleifchen auf dem Kopf. Die jüngste, Gini, kam gleich an den Zaun, um sich mit mir zu unterhalten.

„Hallo junger Mann, bist du neu hier?“ Sie lächelte mich an. „Dich habe ich hier noch nie gesehen, bist du ein Boxermischling?“ Ich grinste zurück. „Nein, nur auf der Durchreise, nein, kein Mischling, reinrassig nur weiß! Und noch mal nein, bevor du fragst, kein Albino, einfach nur weiß.“ Sie legte ihren Kopf schief und sah mich aus großen, ganz entzückenden braunen Augen an.
„Oh entschuldige bitte. Einen weißen Boxer habe ich vorher noch nie gesehen. Was führt dich denn in unsere Gegend? Können wir vielleicht irgendwie helfen?“
„Ich hoffe es. Ihr habt doch bestimmt von den Einbrüchen gehört?“ „Ja, ist ja auch gleich nebenan passiert. Leider schlafen wir ja im Haus und der Kerl muss so leise gewesen sein, dass wir nichts gehört haben. Bei uns hätte er das nicht probiert, der hätte was erleben können! Mädels, kommt mal alle her, der Boxer hier, wie heißt du eigentlich, hat ein paar Fragen zu den Einbrüchen!“ Gini war ganz eindeutig ein Mädel nach meinem Geschmack. Frech, pfiffig und durch nichts aus der Ruhe zu bringen.
„Habt ihr vielleicht irgendwelche Fremden in der Gegend gesehen? Irgendjemand, der nicht hierher gehört, aber sich öfters hier aufhält? Oder ein Fremder, der die Hausbesitzer nebenan besucht hat?“ Fragend sah ich von einer der kleinen Schönheiten zur nächsten.
„Mmmhhh... nein, eigentlich nicht! Der einzige, der bei Rohdes nebenan immer mal vorbei schaute, war dieser ekelhafte Versicherungsfritze. Ihhh, den können wir gar nicht leiden. Zu uns wollte er auch mal, aber wir haben ihn nicht rein gelassen, den schleimigen Kerl. Und da

unsere Mama immer auf uns hört, hat sie ihn weg geschickt!“
Ich wurde hellhörig. Versicherungsfritze? Schleimig?
„Ist das so ein kleiner fetter Kerl mit Glatze, der immer schwitzt, und blöde daher redet?“ Gini lachte. „Ja genau der, Schultze heißt er, das hab ich mal gehört. Aber der ist harmlos, der besucht fast jeden hier in der Nachbarschaft!“
Harmlos? Naja, so sicher war ich mir da nicht. Wenn alle Hunde, die ihn kennen lernten, so auf ihn reagierten, dann stimmte mit dem ganz eindeutig etwas nicht.
Und nun hatte ich eine Idee. Statt wahllos jedes Tier in der Umgebung zu besuchen, suchte ich gezielt die Tiere auf, die direkt neben einem Haus wohnten, in das eingebrochen worden war.
Als nächstes traf ich auf einen fetten orange-roten Kater. Au Mann, ausgerechnet einen Kater. Aber ich nahm mich zusammen, schenkte dem Katzenvieh ein freundliches Lächeln und befragte ihn wegen dem Einbruch. Und ich hatte Glück!
„Der einzige Fremde, der hier aufgetaucht ist, war dieser widerliche Versicherungskerl. Genau zwei Wochen später wurde eingebrochen. Und an dem Abend habe ich einen üblen Burschen gesehen, der sich in der Nachbarschaft herum gedrückt hat. Groß, fettige lange Haare, sah aus, als ob er dringend mal ein Bad brauchte. Er schlich zweimal an Köhlers Haus vorbei, war aber dann wieder verschwunden, deshalb habe ich mir nichts dabei gedacht. Wenn ich ihn noch mal sehe, hänge ich mich an ihn dran und gebe ich euch sofort Bescheid.“

Mhhhh, für ne Katze war der gar nicht so übel. Vielleicht sollte ich meine Einstellung Katzen gegenüber doch mal überdenken? Oder? Ach Quatsch, Katzen spinnen, fertig!
Ich bedankte mich, klapperte noch die restlichen Adressen ab und machte mich dann auf den Heimweg. Nur gut, dass die Häuser alle relativ dicht beieinander lagen, so langsam taten mir jetzt doch die Pfoten weh. Und ich hatte Hunger. Immerhin hatte ich mein Mittagessen verpasst. Hoffentlich gab es heute Abend was Anständiges bei Fritz und nicht der übliche Dosenfraß.
Als ich endlich wieder bei Max ankam, saßen meine Freunde schon gespannt wie eine Boxerleine im Garten und warteten auf mich. Kaum hopste ich über den Zaun, kamen sie mir entgegen gerannt, vorne weg natürlich der neugierige Mops. Typisch Maxwell. „Hast du was raus gefunden?“ „Heiliger Mopsklops, warst du lange weg. Erzähl schon.“ „Nu mach’s nicht so spannend, was ist los?“ Aufgeregt plapperten sie alle durcheinander. Ich musste grinsen, die drei waren manchmal extrem nervig, aber ich mochte sie echt sehr.
„Halblang, Freunde, lasst mich erst mal was trinken. Meine Zunge pappt schon an meinen Lefzen. Mir wurde zwar von einem Kater Wasser angeboten, aber so ein kleines Näppchen reicht ja grad, um eine Backe anzufeuchten.“
Laura hatte Max und Daisy einen tollen Wassernapf in den Garten gebaut, so eine Art Pferdetränke. Egal, wie viel man soff, es lief immer wieder frisches Wasser nach. Lecker, eine feine Sache war das.

Daisy wurde hellhörig. „*Du* hast von einer *Katze* Wasser bekommen und tatsächlich auch getrunken? Bist du krank? Es geht dir aber gut, oder?“
Mist! Bah ey, hätte ich doch meine große Boxerklappe gehalten. Dieses kleine, süße Katzenbiest hörte auch alles. Und würde meinen Ruf als großer Katzenjäger ruinieren, indem sie es bei allen Katzen in der Nachbarschaft ausplauderte. Und das mit größtem Vergnügen! Verflixt aber auch!
„Nun lasst mal den Kater, heiliger Mopsklops, was hast du rausgefunden?“ Ein Themenwechsel, genau das, was ich jetzt brauchte. Auf Maxwell ist doch Verlass, ich schwöre, dieser Hund hat die Neugierde erfunden.
Ich erzählte ihnen haarklein, was ich alles in Erfahrung gebracht hatte. „Fakt ist, jedes Mal, bevor ein Einbruch stattfand, tauchte dieser Schultze dort auf. Und genau zwei Wochen später fand dann der Einbruch statt. Mehr als ein Zufall, findet ihr nicht auch?“
„Ich wusste es!“ Vor Aufregung machte Max einen regelrechten Luftsprung. „Hab ich nicht gesagt, das ist ein schlechter Mensch? Ich wette, der hängt da irgendwie mit drin.“
Konnte gut möglich sein, zumindest mussten wir der Sache mal nachgehen... denn nicht nur Max misstraute Schultze mittlerweile.
Wir verabredeten uns für den nächsten Morgen, um alles noch einmal in Ruhe durchzusprechen und uns einen Schlachtplan zu überlegen.
Und dann machte ich mich auf den Heimweg. Fritz würde bestimmt schon sehnsüchtig auf mich warten,

solange hatte ich ihn noch nie allein gelassen, das war er gar nicht gewohnt. Hoffentlich hatte er nichts angestellt.

# 21.

Pünktlich wie die Zugvögel trafen meine Freunde am nächsten Morgen bei uns ein. Wir verzogen uns in unsere Lieblingsecke im Garten, unter einer alten Weide, um in Ruhe noch mal alle Fakten durch zu kauen.

„Ich glaube ja nicht an solche Zufälle", Oskar schnaufte aufgeregt, „überlegt mal, Schultze ist unauffällig, hat Zugang zu jedem Haus, weiß, welche Antiquitäten sich darin befinden und wo und welche die wertvollsten sind. Kein Mensch würde auf die Idee kommen, dass er etwas mit den Einbrüchen zu tun hat. Die Leute rufen *ihn* ja an, um eine Versicherung abzuschließen. Er muss nur am Telefon warten, bis sich wieder ein ahnungsloses Opfer meldet. Der sitzt direkt an der Quelle."

„Du könntest Recht haben, aber wie sollen wir das beweisen?" Ich sah Oskar zweifelnd an. „Beobachten. Wir müssen ihn auf Schritt und Tritt beobachten, vielleicht verrät er sich. Eine andere Möglichkeit haben wir nicht. Wir können es den Menschen ja nicht erzählen, sie verstehen uns ja nicht."

Daisy runzelte die Stirn. „Und wie sollen wir das anstellen? Der hat ein Auto, wie sollen wir da denn hinterher kommen? So schnell kann doch keiner von uns rennen, nicht mal Cash!"

Oskar schüttelte den Kopf. „Denk doch mal nach. Wie viele Tiere gibt es hier in der Gegend? Direkt neben seinem Haus wohnen auch welche, die fangen mit der Beschattung an. Wenn er sein Haus verlässt, schauen sie, in welche Richtung er fährt und geben es jeweils an das nächste Tier weiter, überlegt mal, wie weit ein Hundebellen hallt. Das Tier, das Schultzes Auto dann wieder entdeckt, gibt die Richtung wieder an und so weiter. Auf die Art kommt der keine drei Schritt weit, ohne dass wir wissen wo er steckt."

Oskar strahlte. Und nicht zu Unrecht, die Idee war genial!

Und konnte sogar funktionieren.

„Mensch Oskar", Cash grinste über beide Sabberbacken, „das könnte hinhauen, wenn alle mit machen. Super Idee!"

Oskar stand auf und schüttelte sich das Gras aus dem Fell.

„Na, dann lasst uns los gehen und die Sache ins Rollen bringen, je eher wir den Kerl unter Kontrolle haben, um so besser."

Es dauerte nicht lange und Schultzes Beschattung war unter Dach und Fach. Natürlich hatten schon alle Tiere in der Umgebung von Tante Agatha und Bruno erfahren, alle waren bestürzt und besorgt um ihre eignen Familien und mehr als bereit, uns zu unterstützen. Unsere Kommunikation und unsere Zusammenarbeit funktionierten wesentlich besser, als die der Menschen. Vielleicht sollten sie doch ab und zu etwas von den Tieren lernen.

Beruhigt gingen wir nach Hause, sollte etwas passieren, würde man uns sofort informieren.

Daisy und ich aßen zusammen mit Laura und machten es uns dann zu dritt auf dem Sofa gemütlich, um bei einem Glas Wein für Laura, einem leckeren Kauknochen für mich und einer extrem nervenden Quietschmaus für Daisy den Tag ausklingen zu lassen. Eins ist sicher, sobald Daisy wieder auf Mausejagd geht, verbuddele ich dieses quietschende Stoffviech im Garten!

Als ich ein paar Stunden später noch hinaus musste, na ja, weil ich halt mal musste, rief mich Bijou an ihren Zaun. Das wunderte mich schon ein wenig, denn normalerweise ist Bijou um diese Uhrzeit längst drinnen bei ihren Kleinen und erholt sich vom „Mutterstress“. So goldig ihre Kinder sind, so anstrengend wurden sie aber nun mit zu nehmenden Alter auch für sie. Tja, so ein kleiner Welpe kann halt schon allerhand Unsinn anstellen.

„Max, oh, ich habe gehofft, dass du noch mal raus kommst, ich habe schon ein paar Mal gerufen, aber ihr habt es wohl nicht gehört!“ Bijou hopste aufgeregt auf ihren entzückenden, kleinen Pfoten herum.

Na, kein Wunder, bei dem elenden Gequietsche von Daisys blöder Maus. Bei der nächsten Gelegenheit wird dieses Mistding vergraben, basta!

„Was gibt es denn Bijou?“ fragte ich und knuffte sie liebevoll auf die Nase.

„Trixie, die kleine Pudeldame, die am Ende der Strasse wohnt, war gerade hier und hat euch gesucht. Sie haben Schultze entdeckt, zwei Strassen weiter, er lungert in einer dunklen Ecke herum, versteckt, als ob er auf jemanden wartet.....Sie meint, irgendwie wirkt das alles höchst verdächtig und ihr solltet euch das vielleicht mal persönlich anschauen. Sie bringt euch hin, sie weiß, wo es ist."

„Bijou, du bist ein Schatz. Vielen, vielen Dank, ich hole Daisy und dann flitzen wir schnell mal rüber zu Trixie. Bin ja gespannt, was der da treibt. Schlaf gut, Bijou, ich lass es dich gleich morgen früh wissen, wie es gelaufen ist." Ich rannte los zu unserer Klappe, steckte den Kopf durch und rief leise nach Daisy. „Was hast du denn für Probleme? Ich war gerade so schön eingeschlafen." Daisy tapste mir völlig zerzaust und noch nicht ganz wach entgegen. „Psst, sei leise. Was macht Laura gerade?" zischte ich ihr zu. Jetzt wurde sie munter. „Sie ist ganz in diesen komischen Kussi- Schmusi- Herz-Schmerzliebesfilm vertieft, der eben angefangen hat, sie hat nicht mal mit bekommen, dass ich raus bin. Warum, wo warst du eigentlich so lange?"

Schnell erklärte ich ihr, was Bijou mir erzählt hatte. Dann machten wir uns auf den Weg zu Trixie. Die kleine Pudeldame stand schon vor dem Haus und wartete auf uns.

„ Da seid ihr ja endlich, ich dachte schon, ihr kommt nicht mehr. Jetzt aber schnell, sonst ist er noch weg. Der Kater, der dort in der Strasse wohnt, passt auf ihn auf, damit er nicht spurlos verschwindet. Ich war mit meinem Herrchen auf dem letzten Gassigang für heute, da hat er mir Bescheid gegeben, das ich euch holen soll." Und schon rannte sie los. Sie führte uns in eine Art Hinterhof, der dunkel und einsam zwei Querstrassen von unserem Haus entfernt lag. Abfalltonnen standen überall herum, in den Gebüschen knackte und knisterte

es gespenstisch, und der ganze Hof war völlig verdreckt. Daisy zog die Luft ein. „Ratten“, murmelte sie, „eine ganze Menge sogar.“
„Seid ruhig jetzt, hier muss er sein.“ flüsterte uns Trixie zu. Ein großer schwarzer Kater kam hinter einer Abfalltonne hervor geschlichen. „Hallo, na endlich. Da hinten steht er, zwischen dem Gerümpel, seht ihr ihn?“
Wir wollten uns gerade näher heran schleichen, als urplötzlich ein Auto auf den Hof fuhr. Ohne Licht, sehr langsam, fuhr er bis in die hinterste Ecke, wo Schultze wartete. Ein dunkles Auto..... mit einem Schlangenaufkleber an der Seite!
„Max.. “Daisy holte zischend Luft, auch sie hatte es gesehen. Heiliger Mopsklops, das war der Einbrecher. Also doch, Oskar hatte Recht gehabt, Schultze steckte in der Sache mit drin. Eindeutiger ging es ja gar nicht mehr. Auf leisen Pfoten näherten wir uns den beiden Kerlen, immer drauf bedacht, im Schutz der Mülltonnen zu bleiben.
Schultze ging auf den anderen zu. „Wo bleibst du denn, Karl? Ich steh mir hier schon ne Ewigkeit die Beine in den Bauch!“ fuhr Schultze den Jüngeren an.
„Bleib locker Alter, was regst du dich so auf?“
„Warum ich mich so aufrege? Du solltest mir das Bild von der Alten besorgen und sie nicht fast umbringen! Es sollte niemand verletzt werden. Jetzt sind die Bullen verstärkt hinter uns her, du Idiot!“ „Was kann ich dazu, wenn der blöde alte Köter auf einmal so einen Krawall veranstaltet, dass die Alte wach wird. Du hast gesagt, die sind beide fast taub. Plötzlich steht die im Flur vor mir, die hat mich gesehen, was sollte ich denn machen?

Und das verdammte Bild war auch nicht da, was hast du mir da für Informationen gegeben? Denk dran, ich trag das ganze Risiko, du bist ja nur im Hintergrund!"
„Beschwer dich nur, du verdienst auch ganz gut bei der Sache. Ich will dieses Bild, das ist Hunderttausende wert, damit haben wir ausgesorgt und können uns zur Ruhe setzen, bis Gras über die Sache gewachsen ist. Ich war heute bei der Alten im Krankenhaus, die hat das Bild zum schätzen dem jungen Mädel mitgegeben, die da ständig mit ihrem kleinen Drecksmops auftaucht. Die hat es jetzt, sie ist allein stehend, das ist ne einfache Sache. Um die Uhrzeit ist da alles ruhig, fahr hin und hol es. Ruf mich an, wenn du es hast, dann treffen wir uns wieder. Und Karl, bau ja keinen Mist diesmal, hast du mich verstanden?" Schultze trat drohend auf Karl zu. „Ich *will* dieses Bild, ich habe es satt, für ein paar Kröten Versicherungen zu verkaufen." „Ist ja gut", Karl stolperte ein paar Schritte zurück, er war bleich geworden, „Ich hol dir das verdammte Ding!" Karl rannte fast zu seinem Wagen, stieg ein und fuhr vom Hof.

# 22.

„Schultze ist hinter Agathas Bild her, er weiß ja nicht, dass es untersucht wurde und nichts wert ist. Und er hat diesen Karl los geschickt, um es zu holen.“ Daisy sah mich mit großen Augen an.
Mir wurde eiskalt. „Und das Bild hat Laura..... und sie ist alleine zu Hause.“
Ohne ein weiteres Wort drehte ich mich um und rannte los. Heiliger Mopsklops, warum war ich nicht früher darauf gekommen? Der Einbruch bei Tante Agatha, die Fragen des Einbrechers nach „dem Bild“, seine Zerstörungswut, nachdem er nichts gefunden hatte, alles passte jetzt zusammen. Wenn Laura etwas passierte, niemals würde ich mir das verzeihen. Ich rannte so schnell ich konnte, meine Pfoten taten weh, meine Lunge stach und mein Herz klopfte mir bis in den Hals. Aber ich durfte nicht langsamer werden, jede Sekunde zählte.
Hinter mir hörte ich Daisy rufen, aber ich reagierte nicht!
Endlich! Unser Feldweg hinter den Häusern. Ich raste an den ersten Häusern vorbei, als ich aus den Augenwinkeln das Auto sah! Versteckt hinter einigen Büschen, ein dunkler Wagen, mit einer Schlange oder einem Drachen auf der Seite!
Zu spät! Er war da!

Ich zwängte mich durch die Zaunlücke in unseren Garten und blieb wie erstarrt stehen. Er war bereits im Haus! Und er hatte Laura!
Durch das hellerleuchtete Wohnzimmerfenster sah ich, wie er sie brutal an den Haaren fasste und sie mit vorgehaltenem Messer Richtung Küche zerrte. „Max? Was ist los?“ Daisy warf einen Blick auf das Fenster und stöhnte auf. „Oh, Gott nein!“
„Daisy, lauf und hol Cash, schnell Daisy!“ schrie ich und stürmte zur Tür. „Max, bleib hier, was willst du denn machen?“ Daisy rannte verzweifelt hinter mir her. „Ich geh da rein und helfe Laura, Daisy lauf und hole Cash!“ Einen Moment zögerte sie noch, doch dann war sie wie ein Blitz verschwunden. Ich zwängte mich durch die Mopsklappe und lief in die Küche. Laura saß kreidebleich auf einem Stuhl, Blut lief an ihrem Arm herunter. Dieser Schweinehund hatte sie verletzt! Plötzlich war meine Angst wie weg geblasen, ich spürte eine irrsinnige Wut in mir aufsteigen. Ich stellte mich vor Laura und ein Knurren kam aus meiner Kehle. Mit mir nicht mein Freund, solange ich noch atme, wirst du meiner Freundin nicht mehr wehtun! „Max, nein, nicht, komm her!“ Ich hörte Laura noch schreien, dann griff ich an. So fest, wie ich nur konnte, biss ich diesem Dreckskerl immer und immer wieder in die Beine. „Du kleine Ratte, dir dreh ich den Hals rum!“ Er brüllte vor Schmerz auf und versuchte mich ab zu wehren, doch ich gab nicht auf. Laura weinte laut und rief meinen Namen, doch das machte mich nur noch zorniger. Bluten sollte er, genau wie meine Laura!

Und da kam der Tritt! Er traf mich mit voller Wucht genau in die Rippen und schleuderte mich an die Wand. Hart schlug ich mit dem Kopf auf, benommen sackte ich auf dem Boden zusammen. Alles, was ich noch registrierte war ein lautes Klirren und einen entsetzten Aufschrei von Laura, dann wurde alles schwarz um mich herum.

„Lebt er noch?“ Ein Flüstern. „Ja, er atmet doch, schau!“ Es raschelte und irgendetwas schnaufte mir ins Gesicht. „Sicher dass er noch lebt? Er rührt sich ja gar nicht! “ Etwas stupste mich auf die Nase. „Cash nun lass ihn doch, er hat eine Gehirnerschütterung und angeknackste Rippen. Davon stirbt man nicht gleich.“ „Er liegt aber ganz komisch da, wie ausgestopft!“ Wieder schnaufte mir etwas ins Gesicht. Bah, diesen Mundgeruch kannte ich nur zu gut. Cash hatte wohl wieder einmal eine Dose Fisch zum Mittag gefuttert. Vorsichtig öffnete ich die Augen. „Daisy, Oskar, er ist wach“, Cash wackelte vor Freude mit dem kompletten Hinterteil, „Hey mein Freund, wie schön, die Welt hat dich wieder!“ „Schrei nicht so Cash, mein Kopf tut so weh. Was ist denn passiert?“ Ruckartig setzte ich mich auf, was meinem Kopf und meinen Rippen überhaupt nicht gefiel. „ Wo ist Laura? Was ist mit Laura?“ Daisy drückte mich mit der Pfote sanft zurück auf mein Kissen und kuschelte sich dicht an mich. „Ganz ruhig, Max, bleib liegen und ruh dich aus, es ist alles in Ordnung! Laura geht es bis auf einen kleinen Schnitt am Arm prima, sie hat sich nur einen Moment hingelegt. Nach der ganzen Sache war sie völlig durch den Wind.“ „Und das hat sie nur dir zu verdanken!“ Oskar schaute mich ernst an. „Ohne dein Eingreifen hätte es übel ausgehen können."

„Was war denn eigentlich genau los? Und was ist denn mit euch passiert? Und was ist mit diesem Dreckskerl, ist er entkommen? Los, nun sagt doch was!" Überall in Oskars Gesicht klebten große Pflaster, ein großer Riss direkt über dem Auge war genäht und Cash sah auch nicht besser aus. „Stimmt, das weißt du ja gar nicht, da warst du ja schon im Land der Träume." Cash grinste und stupfte mich auf die Nase.

„Ich will gerade gemütlich aufs Sofa, als Daisy auftaucht und laut nach mir ruft. Ich dachte, ich spinne, als ich hörte, was los ist und bin sofort durchgestartet. Unterwegs traf ich noch auf Oskar. Wir versuchten, ins Haus zu kommen, aber alle Türen waren fest verschlossen und durch eure dusselige Klappe passt ja kein ordentlicher Hund durch."

Ich hüstelte beleidigt, schließlich *bin* ich ein ordentlicher Hund und ich passte da prima durch. Aber Cash ignorierte mein Gekeuche und erzählte weiter.

„Wir rennen zur Küchentüre und sehen gerade noch, wie der Dreckskerl nach dir tritt, Laura weinend und blutend am Tisch und da ist unserem Freund Oskar hier wohl ne Sicherung durchgebrannt!" Cash kratzte sich an einer Wunde. „Ehe ich überhaupt reagieren kann, nimmt der bekloppte Hund Anlauf und springt mit dem Kopf zuerst durch die Glastür. Ich habe gar nicht lange gefackelt und bin hinterher, deshalb sind wir auch ein bisschen zerkratzt." Bisschen zerkratzt war wohl die Untertreibung des Jahrhunderts. Die beiden sahen aus,

als ob sie Klammi durch seinen Fleischwolf gedreht hätte.
„Aber dann hatten wir ihn“, Oskar grinste breit über das ganze Gesicht, „ich habe mir gleich einen Arm geschnappt und Cash den anderen. Tja und dann haben wir ein paar lustige Zerrspiele mit dem netten Mann gespielt.“
„Keine Sorge“, Cash grinste jetzt auch, „Ist noch alles dran an dem Schweinehund. Wir haben nur mal hier und da ein bisschen hinein gekniffen und ihn etwas lang gezogen... ein bisschen geknurrt und gefletscht und noch ein bisschen mehr gezogen..... und plötzlich war der Gute ganz artig. Schön ruhig ist er liegen geblieben und hat nur wie am Spieß gebrüllt, Laura solle ihre Bestien zurück pfeifen. So ein Pech, dass Laura nicht pfeifen kann, zumindest haben wir gar nichts gehört.“
Oskar kicherte. „Wir haben ihn dann festgehalten, während Laura die Polizei gerufen hat. Die kamen zwar recht schnell, hatten es aber so gar nicht eilig, ihn mitzunehmen. Vielleicht dachten sie, bei uns ist er gut aufgehoben?“
Ich seufzte. „Schade, dass ich das alles verpasst habe!“
Daisy küsste mich auf die Nase. „Sei froh. Ich war direkt hinter den beiden und ich sage dir, so was hab ich in meinem Leben noch nicht gesehen. Plötzlich klirrte es, Laura schrie, die beiden schossen fletschend auf den Kerl zu, sprangen ihn an und rissen ihn zu Boden. Dann packten sie ihn knurrend und zerrten an ihm herum, als ob sie ihn zu Rindsgulasch verarbeiten wollten. Gruselig, echt gruselig!“

„Und Schultze? Was ist mit dem?“ Ich versuchte, mich aufzusetzen, aber mein Kopf tat so weh.
„Den haben sie gestern abends noch festgenommen. Karl hat ihn verpfiffen. In seiner Garage haben die Polizisten einen kleinen, abgeteilten Raum voller wertvoller Bilder und Antiquitäten gefunden. Beide, Schultze und dieser Karl haben schon gestanden.“ Oskar stand auf und streckte sich. „Das war’s Max, die beiden werden so schnell niemanden mehr bestehlen oder verletzen. So und ich mach mich mal langsam nach Hause. Ich brauche mal ein bisschen Schlaf.“
„Oskar, nein, bleib doch hier. Du kannst doch bei uns wohnen, Laura hat bestimmt nichts dagegen. Du kannst doch nicht so verletzt in die dreckige Hütte.“ Flehend sah ich ihn an. „Max, Ey danke, aber...... ich wohne doch jetzt bei Klammi“, verlegen schaute er auf den Boden, „ich dachte, ich probiere es einfach mal aus. Ich darf sogar ins Haus und nachts schlafe ich neben seinem Bett. In einem ganz tollen weichem Korb! Mit eigner Decke und einem Kissen!“ Oskar sah aus, als ob er es kaum fassen konnte. „Und man kann wirklich toll mit ihm kuscheln, abends sitzen wir im Garten, oder wenn das Wetter schlecht ist, schauen wir einen Film zusammen auf dem Sofa an. So wie bei euch.....“ Oskar schluckte schwer und urplötzlich ging ein Strahlen über sein Gesicht. „Und jetzt mache ich mich wirklich heim, Klammi wird schon mit dem Essen auf mich warten!“
Wir sahen ihm schweigend nach, diesem geschundenen, gequälten Hund, der endlich nach so langer Zeit sein Glück gefunden hatte.

*Das* war ein Ende nach meinem Geschmack. Die Verbrecher waren geschnappt, meinen Freunden und meiner Familie ging es gut und Oskar und Klammi hatten endlich zusammen gefunden.
Seufzend schloss ich die Augen, und schlief zufrieden ein.

Und träumte von neuen großen Abenteuern mit der Plattschnauzengang!